Orígenes Lessa
Omelete em Bombaim

CONTOS

Orígenes Lessa
Omelete em Bombaim

CONTOS

Estabelecimento do texto, posfácio, glossário e nota biográfica
Eliezer Moreira

Coordenação Editorial
André Seffrin

São Paulo
2013

© Condomínio dos Proprietários dos Direitos Intelectuais de Orígenes Lessa
Direitos cedidos por Solombra – Agência Literária (solombra@solombra.org)

3ª edição, Global Editora, São Paulo 2013

JEFFERSON L. ALVES
Diretor Editorial

GUSTAVO HENRIQUE TUNA
Editor Assistente

FLÁVIO SAMUEL
Gerente de Produção

JULIA PASSOS
Assistente Editorial

JULIANA ALEXANDRINO
FLAVIA BAGGIO
Revisão

ANA DOBÓN
Capa

TATHIANA A. INOCÊNCIO
Projeto Gráfico

A Global Editora agradece à Solombra – Agência Literária pela gentil cessão dos direitos de imagem de Orígenes Lessa.

CIP-BRASIL. Catalogação na fonte
Sindicato Nacional dos Editores de Livros, RJ

L632o
3. ed.

Lessa, Orígenes, 1903-1986
    Omelete em Bombaim / Orígenes Lessa ; [coordenação editorial André Seffrin ; estabelecimento do texto, glossário e nota biográfica Eliezer Moreira]. – 3. ed. – São Paulo : Global, 2013.

    ISBN 978-85-260-1932-4

    1. Conto brasileiro. I. Seffrin, André, 1965-. II. Moreira, Eliezer, 1956-. III. Título.

13-02797
    CDD: 869.93
    CDU: 821.134.3(81)-3

Direitos Reservados
GLOBAL EDITORA E DISTRIBUIDORA LTDA.
Rua Pirapitingui, 111 – Liberdade
CEP 01508-020 – São Paulo – SP
Tel.: (11) 3277-7999 – Fax: (11) 3277-8141
e-mail: global@globaleditora.com.br
www.globaleditora.com.br

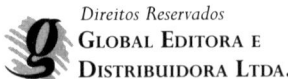

Obra atualizada conforme o **Novo Acordo Ortográfico da Língua Portuguesa**

Colabore com a produção científica e cultural.
Proibida a reprodução total ou parcial desta obra sem a autorização do editor.

Nº de Catálogo: **3480**

O escritor Orígenes Lessa.

SUMÁRIO

Antônio Firmino	9
A batalha	23
Libertação	43
Folgado	53
A boina vermelha	65
As gêmeas	73
A aranha	83
Charles Boyer na vida de um homem	91
Omelete em Bombaim	97
O Sol-da-Meia-Noite	105
Dona Beralda procura a filha	115
O paraquedista e o dedal	127
A herança	133
Milhar seco	153
Orígenes Lessa: sempre um contista	169
Glossário	177
Nota biográfica	183

ANTÔNIO FIRMINO

— Que idade tem o menino?

— Menino? Esse que tá aí é quase um homem! Tá com dezessete anos – disse Antônio Firmino.

Paulo Dinarte conteve a tempo o "não é possível!" que ia irromper espontânco.

— Dezessete?

— Pois é, seu dotô. Garrô dá doença nele, desde pequeno, foi ficando assim. Não destorceu nunca. Num teve mezinha, num teve nem remédio de cidade que botasse ele pra frente...

E acariciou com a mão dura, de dedos nodosos, de unhas negras, a cabeça do filho.

Paulo Dinarte examinou, de coração confrangido, aquele frangalho de gente. Era uma coisa amarela, seca e descalça, a cabeça grande, o rosto chupado, os olhos no fundo, as olheiras pisadas, grandes orelhas quase transparentes, embaçadas de craca nos côncavos e dobras. As pernas e braços eram juntas e joelhos saltados, quase furando a pelanca sem vida. Um ventre enorme, intumescido, de onde o umbigo negro e rebentado se fazia ver, entre a linha da calça rasgada, sustentada por barbante, e a camiseta curta, encardida. De tamanho, não tinha dez anos. Não tinha dezessete, tinha vinte, tinha trinta, na tristeza dos olhos de um clarão adulto e amargo de inteligência e sofrimento.

O menino ficou, na soleira do casebre, num jeito humilde de bicho largado. Quantas vezes não passara pelo mesmo vexame, não vira o espanto e a pena nos olhos dos outros.

— Passa, Leão! — disse ele enxotando o cachorro, cria sem-vergonha de roça, magro e vivo, bernes inchados no lombo sem carne.

Antônio Firmino coçava a perna, traçando sulcos descascados na pele queimada, meia de todas as cores, de boca larga desenrolada em beiço de negro sobre o sapatão de orelha, cor de terra.

Um latido ao longe quebrou o longo silêncio.

— Num destorceu nunca, repetiu Antônio Firmino, pensando alto.

O caboclo, o menino, o seu-doutor se entreolharam, como dentro de um pesadelo. Paulo Dinarte, sentado num caixão de querosene, coberto com um cochonilho velho, assento de visita importante, contemplava agora na parede de barro socado, com o esqueleto de varas irregulares todo à mostra, uma Nossa Senhora Aparecida, suja de moscas, brinde de um Elixir Depurativo. Miséria das populações sertanejas! Miséria daquela gente abandonada! Deputado da oposição, trinta passagens por cadeias e presídios, via ali a confirmação viva ou moribunda dos quadros que, na sua exaltação revoltada de moço, descrevia da tribuna aos nobres colegas desinteressados, o pensamento voltado para concessões e negociatas, a aderir e louvar, recitar necrológios e votar leis a favor dos amigos.

Malária, amarelão, tracoma, analfabetismo e cachaça. Não vira outra coisa, naquelas semanas de sertão, onde viera enfrentar um grileiro qualquer, de capangas bem armados a tomar posse de longas datas de terra, terra que, afinal, não pertencia nem ao grileiro nem ao doutor José Carlos, mas àquela gente de olhos em sangue, de barriga inchada, de queimação na boca do "estambo".

Uma galinha entrou, ciscou em vão por baixo da mesa, fugiu ao sapato de Antônio Firmino, que esboçava um pontapé. Tinha visita na casa...

Quando voltasse à capital e enfrentasse de novo os colegas sonolentos, ele havia de chibatear violento aqueles parasitas sem pudor. E ninguém teria tratado com mais energia e com maior ardor o problema do saneamento dos sertões. Nem mais inutilmente... Aquele pensamento cortou o discurso que começava a tomar forma.

– Passa, Leão! – insistiu Zeferino, coçando a barriga.

"Inutilmente", pensou Paulo. "Sim, não ia adiantar coisa nenhuma. Talvez servisse apenas para facilitar a nomeação de alguns jovens médicos bem aparentados, que ficariam na capital a gozar as delícias do regime, com verba mais firme para o bar do Esplanada. No sertão, os caboclinhos continuariam a intumescer e morrer, enterro de anjinho, acompanhamento a pé, dedão na estrada, rumo ao cemitério de muro caído, mato subindo pelos montes anônimos de terra. Os caboclinhos e..."

– Passa, Leão!

"... e, entre eles, o Zeferino. Sim, o discurso ficaria nos anais da Câmara, seria até elogiado pela imprensa, mas Zeferino morria. Esse, morria com certeza..." Um sentimento de solidariedade, mais que de solidariedade, de responsabilidade pessoal, encheu seu coração.

– Firmino...

– Seu dotô...

– Quer que eu leve o Zeferino pra S. Paulo?

– Pra quê, seu dotô?

— Pra tratar...

O caboclo, quase sem entender, ouviu a oferta inesperada que vinha ao encontro do sonho mais impossível da sua vida. Sentia que era oferta de coração. Com tudo pago. Tudo aos cuidados do seu doutor.

— Ora... mas o senhor vai se incomodá, seu dotô...

Não era incômodo. Era prazer. Obrigação. O caboclo relutou e, comovido, acabou aceitando. E alguns dias mais tarde, primeiro a cavalo, depois no trem em que entrava pela primeira vez na vida, Zeferino partia para S. Paulo, um clarão de deslumbramento nos olhos. De deslumbramento, de esperança, de espanto.

Entrou no trem, o trem partiu, Antônio Firmino ficou dizendo adeus da plataforma. Nhá Maria havia ficado em casa, que não havia cavalo para os quatro.

— Piuuu!

Zeferino assustou, riu, ficou examinando o luxo sem-par, para ele, daquele carro ordinário de primeira classe. Depois, debruçou-se na janela, ficou olhando a vida, que era jogada para trás, numa velocidade nunca vista. Árvores surgiram, árvores fugiam. Ao longe, nos pastos verdes, cabeças de gado ficavam mais tempo sob o seu olhar maravilhado, perdiam-se afinal no para-trás que não voltava. Olhou o deputado, sorriu, contente, debruçou-se outra vez na janela. Acompanhava agora a marcha sinuosa do longo trem sertanejo, coleando pelos trilhos sem fim. Para a direita, para a esquerda, às vezes reto, quase sempre curvo e serpenteante, como que se dobrando sobre si mesmo. Veio uma fagulha, entrou-lhe no olho. Lutou contra ela alguns minutos, libertou-se, ajudado por Paulo. E ainda cheio da imagem nova do trem que colubreava sobre os trilhos, sob o sol ardente, sorriu:

— Esse trem, prá sê cobra, só fartava o veneno...

* * *

    Zeferino tropeçava em espantos. Mas eram eles tantos e tão rápidos, que quase parecia ter nascido em capital, crescido em casa de soalho, e soalho lustroso e com tapetes, móveis de jacarandá trabalhado, quadros estranhos, estátuas de bronze, cristais de doer na vista.

    Só achava graça, e a isso ele não podia resistir, era naquela história de prato na parede. Olhava, olhava a dona da casa, olhava as irmãs de seu doutor, e não dizia nada. Ria, sacudindo a cabeça grande, de olhos vivos e orelhas transparentes, já bem limpas.

    Mas Paulo Dinarte já se arrependera de havê-lo trazido. Fizera-o num impulso impensado, com a espontaneidade aberta de todos os seus gestos. E estivera muito tempo contente consigo mesmo. Vivia a sensação de ser bom. Gostara do gesto. Quando contemplava no trem a felicidade silenciosa daqueles olhinhos humildes, que nunca talvez tivessem espelhado tanta ventura, alegrava-se de os ver e orgulhava-se de estar sendo ele a causa, a providência. Quando surpreendia esse sentimento que achava mesquinho, reagia. Não fazia mais do que a obrigação, o seu dever. Pagava apenas uma dívida coletiva, de gerações e gerações. E assim como o seu discurso na Câmara acabaria sendo inútil para o Zeferino, tudo o que fizesse por Zeferino seria inútil para os outros milhões de Zeferinos do sertão. E a tristeza o assaltava novamente, o sentimento da inocuidade da reparação isolada, esmagada pela injustiça e pela cegueira da sociedade em que vivia. Agora, os seus sentimentos eram outros. Desapontamento, remorso. Apresentara Zeferino a um amigo médico da cidade. Exames completos, minuciosos. E o diagnóstico impiedoso: caso perdido.

— Já é tarde demais. O menino está liquidado. Tem anquilóstomos até na alma. Ele, antes de ter sido gerado, já devia sofrer de amarelão. O espantoso é que ainda esteja vivo. Esse é que é o prodígio.

— Mas não há esperança?

— Menos do que para um defunto...

Paulo Dinarte conhecia bem o amigo. E sabia não haver desinteresse nem o gosto fácil das palavras no que estava dizendo.

— Mas não se pode fazer nada?

— Ponha o menino na Santa Casa. Ponha na minha enfermaria. Eu cuido dele. Farei tudo. Nós faremos tudo.

Agitou a cabeça, esticando o lábio inferior:

— Mas não adianta nada...

Paulo Dinarte voltou para casa desesperado. Trouxera então para morrer o desgraçado? Para morrer longe dos seus? Tivera a inconsciência de encher de esperança o coração daquela gente ingênua e simples, fatalista por experiência e vocação, para causar-lhes agora uma desilusão desmoronante? Não era possível! E, ao escrever ao velho Antônio Firmino, acovardado, não teve coragem de dizer a verdade, mentiu, com ódio e nojo de si mesmo, contou que o menino ia bem, que voltaria bom.

Voltou ao médico. Pediu que o colocasse num quarto especial da Santa Casa.

— Mas quem paga?

— Eu.

— Mas é tolice, homem. Não é preciso. O menino nunca esteve acostumado com luxos. Na enfermaria geral ele terá um conforto e um cuidado como nunca viu, em dezessete anos de miséria!

— Não faz mal, eu faço questão...

O médico olhou-o, comovido, compreendendo a sua tragédia. Mas tinha o hábito, adquirido pelo contato cotidiano com o sofrimento, de reagir contra o sentimentalismo inconsertável do seu temperamento, refugiando-se em pilhérias pesadas:

— Você não quer dizer que o Zeferino é seu filho...

O olhar de ódio do moço desarmou-se ante a imensa simpatia humana dos olhos do outro, tão mal escondida.

— Está bem, Paulo, está bem. Não se zangue. Nós faremos tudo.

E a luta, imensa, heroica e sem descanso começou. Um caso de família não despertaria mais pena, mais dedicação, mais amor. Todos os Dinartes, a mãe, as irmãs, viviam aquela criança enferma como se pertencesse ao próprio sangue e não tivesse chegado dias antes, inesperada e desconhecida, de um sem-fundo de sertão. E Zeferino, que nunca na sua vida rude de bicho do mato, soubera o que fosse cama com lençol e mão branca de moça, de unha pintada, passando macia na testa e nos olhos dele, fechava os olhos como num sonho, como nalgum sonho que talvez tivesse tido... Tinha enfermeira de dia, tinha enfermeira de noite. Eram as moças que se alternavam no hospital. Seu doutor telefonava da Câmara, pedindo notícia. Seu doutor tomava o carro, vinha correndo ver o Zeferino. O médico tinha por ele uma dedicação que só se compreende com doente velho, milionário e de morte certa. Trabalho inútil, porém. Não era apenas amarelão. Todas as doenças tropicais haviam passado por aquele molambo. E parecia que o afastamento do seu *habitat* primitivo viera diminuir ainda mais as suas possibilidades de resistência. Outros médicos se interessavam pelo caso. E já havia quem temesse que, naquele organismo nunca medicado, sempre entregue a si, os remédios fossem mais nocivos que benéficos. Enquanto isso, e as semanas passavam, Paulo Dinarte se torturava, tomado por uma covardia como nunca sentira. Imaginava-se um criminoso. Surpreendia-se em monólogos que eram autocatilinárias impiedosas. Nunca os apedidos e a seção livre dos jornais do governo haviam usado, contra ele, tão descabelados palavrões, tão pesados insultos.

Miserável! Imbecil! S. Francisco de fancaria! Cabotino vulgar! Fizera aquilo para fingir-se bom, humano. Queria mascarar-se de santo, o patife! Com certeza queria ganhar votos. E naquela fúria de autodemolição esquecia-se de que trouxera o Zeferino das terras da Paranapanema, para além da fronteira do Estado, onde jamais teria ocasião de solicitar um voto.

– S. Francisco de bobagem! Bestalhão sem conserto! Assassino!

Mas, ao escrever para Antônio Firmino, depois de adiar e adiar a carta longamente estudada, em que contaria a verdade e mandaria dinheiro para Antônio Firmino e Nhá Maria virem à capital, a grande covardia o assaltava. E mentia. Zeferino estava melhorando. Os médicos davam esperança, que ele não precisava de nada, não tivesse cuidado. Enquanto isso, o corpo de Zeferino, cansado da longa luta, se encolhia cada vez mais na cama de lençóis tão brancos. Ele ficava cada vez menor, numa preguiça mansa, de olhos fechados. Quando os dedos de sonho, macios, de unhas longas e vermelhas, passavam que nem orvalho em folha de árvore, pela testa dele, já quase não falava. Os olhos, sim. Aquela expressão viva, inquieta, sofredora e inteligente, do passado, desaparecera. Eram agora doçura. Doçura, doçura, doçura. Uns olhos de cordeiro tão mimado e tão cansado que ninguém os fixava de olhos enxutos. Mas estava no fim. Questão de dias, horas talvez. Mãe nenhuma, pai nenhum acompanharia com desamparo maior a agonia de um filho. Agonia que se refletia inteirinha, viva e trágica, no desavoramento de alma de Paulo Dinarte. Passava dias sem rumo, noites sem destino. Esquecera a política, as reformas sociais, o escritório. Escrevia? Telegrafava ao Firmino? Sim. Era preciso. Mas cadê coragem! Era como se tivesse de dizer ao coitado: olhe, aquele moço tão bão, aquele dotô tão bão, não passava de um bandido, de um assassino, está matando seu filho! Venha salvar o seu filho. — E por que não escrever assim mesmo? Mas faltava o ânimo. E agora ele já não escrevia, passando os dias e as horas a imaginar quanto sofreria, que pensaria o pobre sertanejo tão confiante e tão ingênuo que lhe entregara o filho. Sem falar em Nhá Maria, de quem nunca ouvira uma palavra, tão boa de tempero no preparo de galinha, e tão calada. Essa, nunca lhe diria uma palavra. Mas os olhos com que o olhasse não teriam mais o jeito de quem olhava para Nosso Senhor...

* * *

Foi uma noite atroz. Começava a clarear quando Zeferino abriu pela última vez os olhos. Olhos, não, doçura. Uma doçura envolvente, transbordante e perdoadora. Depois, o peito magro deixou de se agitar mansamente. E os olhos ficaram parados e a expressão se foi. Era o fim. Paulo Dinarte saiu como um desatinado, tomou o carro, voou para casa. Dona Teresa viu o filho entrar, compreendeu, passou-lhe os dedos pela cabeça atormentada, como fazia quando ele tinha sete anos, e disse:

— Eu vou ao hospital, pego o atestado de óbito, vou providenciar o caixão.

E saiu.

O enterro era à tardinha. Não saíra de casa. Providenciara, pelo telefone, a compra de uma sepultura no Araçá. E passara o dia rasgando telegramas e cartas, sem saber como se explicar com Antônio Firmino, acuado por sombras acusadoras, estremecendo a cada momento. Até que a campainha soou, rápida. Uma empregada foi à porta, voltou:

— Tem um caipira querendo ver o doutor.

Paulo correu à porta e empalideceu. Era Antônio Firmino.

— En... entre, Antônio Firmino.

O caboclo veio chegando, tímido, humilde, amassando o chapéu.

— Sente, Antônio Firmino.

Ele olhou, assustado, a imensa poltrona.

— Sente...

Olharam-se:

— Pois é, seu dotô... Eu tava lá no sítio, garrô a me dá uma coisa, uma pensão no Zeferino. Eu não arresisti e vim... O Zeferino tá bão?

Paulo Dinarte parecia um náufrago. Um vazio sem fim se abria diante dele. Estava anulado. Pela surpresa, pelo acabrunhamento.

— O... o Zeferino?

— Ele tá bão? – insistiu o caboclo.

— O... o... ele estava. Estava sendo bem tratado... com todo o carinho... com... como um filho... Com... com bons médicos... Mas... mas estava tão fraco, coitado, tão fraco... que... que não pôde resistir...

Houve uma pausa.

— Morreu?

Paulo Dinarte confirmou, sem palavras, sem gestos, com os olhos.

Antônio Firmino não teve reação, ficou olhando o vazio.

— Quando?

— Esta madrugada. Vai ser enterrado agora à tarde.

Antônio Firmino continuava imóvel. Fixou em Paulo Dinarte os olhos tímidos:

— E... eu posso assistir ao enterro?

— Mas, claro, Antônio Firmino! Eu ia para lá agora. Levo você no meu carro.

As palavras agora pareciam mais fáceis.

Ajudou Antônio Firmino a sair, fez questão que ele passasse na frente, passou-lhe as mãos amistosamente pela costa, fez o caboclo sentar-se no almofadão macio do banco fronteiro, e a viagem fez-se, dessa vez inteiramente sem palavras, até à Santa Casa, com aquela sensação de remorso, de crime e de pena, agora muito mais doída e mais aguda.

Antônio Firmino entrou na capela sempre calado e sério, estendeu a mão dura para as mãos finas que o procuravam, sem dar pelo espanto e pelo susto que a sua presença despertava. A roupa de brim listado, as mangas curtas, o chapéu na mão esquerda, a fim de ter a direita livre para possíveis pêsames que chegassem. Ficou primeiro de longe, sem acreditar, meio a medo. O caixão estava lá no centro sobre uma coisa grande de onde pendia um largo pano preto, com cruzes douradas.

Respeitaram-lhe a dor, o silêncio e a timidez. Depois, a voz mansa de dona Teresa sussurrou-lhe ao ouvido:

— Não quer ver o Zeferino?

— Queria, dona.

— Venha ver...

Tomou-lhe o braço.

Antônio Firmino aproximou-se do caixão, dona Teresa levantou um lenço, e o caboclo ficou olhando, estatelado, sem mover de lábios, sem piscar de olhos, o rosto de amarelo-terroso do filho, que parecia sorrir.

Dona Teresa chorava, as moças choravam, Paulo Dinarte, que se aproximara e passava o braço sobre o ombro do sertanejo, franzia a testa e arregalava os olhos, para as lágrimas não saírem. Somente Antônio Firmino continuava impassível, olhos enxutos, lábios cerrados, como se não sentisse, como sem compreender.

Veio um padre, cantarolou uma porção de coisas, que Antônio Firmino não entendeu, de olhos muito assustados no latim do padre. Depois falaram-se coisas que Antônio não percebeu bem e que foi obedecendo, como um autômato. Pegou numa das alças, Paulo Dinarte na outra, não viu quem nas outras duas. Um carro partiu, entrou noutro, chegaram a um cemitério importante, houve mais uma capela, mais um padre, novo transportar de caixão, o caixão descendo, a terra caindo, e aquele silêncio.

— Vamos, Antônio Firmino?

Era Paulo Dinarte de um lado, dona Teresa do outro. Antônio Firmino calado, Antônio Firmino fora da vida, Antônio Firmino de olhos enxutos. Passos incertos no pedregulho do caminho. Chegam ao portão largo. Antônio Firmino detém-se, olha para os lados, como um animal acuado, olha para trás, e subitamente, na explosão incontrolável de toda a sua dor, uma crise de choro o sacode, violenta e desvairada.

A dor do caboclo rebenta como que num alívio para todos. Como outras lágrimas rebentam de outros olhos. Paulo Dinarte, entre o sentimento de culpa e de pena, abraça-o, procura dizer palavras de escusa, de conforto. Precisava ter paciência, compreender, a vida era assim mesmo, fora a vontade de Deus. Ele, Paulo, fizera o possível, não o levasse a mal...

— Nós fizemos tudo o que era humanamente possível, Antônio Firmino. Não foi culpa nossa...

Antônio Firmino dominou-se. A explosão sobre-humana de dor fora controlada outra vez. Restava ali, de pé, o mesmo sertanejo humilde e fatalista de sempre.

— Curpa, seu dotô? Ninguém no mundo fazia o que vassuncê fez... Nóis só pode ficá agardecido. Mecê deu passage, deu médico, deu hospitá, deu remédio, deu padre.

Parou, enxugou com as costas da mão uma grande lágrima que descia.

— Mas, seu dotô, o que eu agardeço mais, foi o caixão... O Zeferino foi a primeira pessoa de minha fámia que foi enterrado em caixão.

Esmagou nova lágrima e quase sorriu:

— E ele bem que merecia, seu dotô...

A BATALHA

— Você já soube?

— Já...

Houve um silêncio.

— Quem teria sido?

— Sei lá...

— Diz-que o diretor está louco da vida...

— Tem que estar... Não era pra menos.

As duas vozes procuravam afetar indiferença, mas vinham carregadas de apreensão.

Houvera um roubo no internato. Coroando uma série de pequenos desaparecimentos – borrachas, livros, canetas, níqueis, um quilo de goiabada, cuidadosamente guardado pelo Onofre, selos na coleção do Olímpio e outros pequenos nadas – vinte gordos mil-réis, naquele tempo dinheiro, haviam sido subtraídos do baú-Canaã do Paulo Cortes. Pai fazendeiro de bolsa fácil, Cortes era o mais abonado entre os alunos. As melhores roupas. As melhores retiradas aos sábados, na secretaria. Enquanto nós outros tínhamos sempre verba fixa, oscilando entre cinco tostões e dois mil-réis, Cortes retirava dez, vinte, trinta mil-réis por semana. Era o senhor da rapadura, o sultão da gasosa, o Rockfeller que pagava o cinema, o mão-aberta que convidava os amigos para as escapadas ao Século XX, o armazém da esquina. E naquelas horas de fome heroica só possíveis nas adolescências de muito esporte, pouco dinheiro e refeição a horas certas, era ele quem distribuía, como um deus, sanduíches de mortadela e queijo mineiro e às vezes fazia abrir – o incrível nababo! – latas delirantes de sardinha.

– Com molho de tomate ou de azeite?

A gente nem sabia que havia tantas sutilezas. Para nós só havia sardinha, *tout court*, uma espécie de pecado, algo de raro, que muitos de nós só podiam comprar fazendo "vaca"...

Mas houvera o roubo. E desde a hora do alarma, à vontade, no colégio, Cortes somente. Éramos trinta ou quarenta. O desaparecimento fora no sótão, onde ficavam as malas maiores, onde só entravam os alunos internos e um empregado, absolutamente fiel e insuspeitável. O roubo houvera. Fora alguém de entre nós. E a algazarra e os jogos e as anedotas de sempre, tudo muito mais ruidoso, agora, nada conseguia ocultar o mal-estar que nos devorava. Porque havia sido um de nós. E, enquanto não se descobrisse quem, sobre todos pesava a suspeita. Sentíamos no Cortes, no diretor, nos professores, nos vigilantes, o olhar penetrante da desconfiança. Olhar que cada um sentia, também, em todos os colegas. Porque um desconfiava do outro. Fora algum. Quem seria? O fato de ter a consciência livre não aliviava ninguém. Desagradável era saber que outros suspeitavam da gente, assim como suspeitávamos dos outros. E aquele pensamento era atroz. Pensamento que ninguém se atrevia a formular, porque poderia traduzir temor ou confissão do crime, fazendo convergir novas suspeitas.

– Oh! eu preciso ir ao sótão buscar umas camisas... Faz mais de uma semana que não subo lá...

Era o Barata, com um ar displicente, procurando mostrar que, não tendo subido antes, não podia ser ele.

— Você podia me emprestar mil e quinhentos até sábado, sem falta? – dizia, sem muita convicção, o Onofre.

Ele nem sabia para que desejava o dinheiro. Evidente é que ele queria informar que estava a "nenem", sem níquel, que não fora ele...

Na chaga viva, porém, poucos se atreviam a tocar, depois que o ambiente se impregnou da suspeita pesada.

— Mas de quem você desconfia? – chegara alguém a perguntar ao Cortes, no começo.

Ele fez um ar misterioso – vinha de uma longa conversa com o dirctor c um dos vigilantes com fumaças sherlockianas. O ar misterioso e o sorriso que o acompanhou intrigaram-nos ainda mais.

— O ladrão será descoberto. Não se afobem...

O ladrão... Palavra dura demais. E saber a gente que estava sujeita à desconfiança geral, saber que, enquanto não fosse descoberto o culpado, cada um de nós podia ser "o ladrão" para os colegas! E o que é pior: quem estaria ao abrigo de uma injustiça?

— Acusado! Acusado o Vieira atrás da coluna da torre!

Alguns estavam se divertindo. Todos nós conhecíamos o jogo, um dos favoritos em certa época do ano. Mas daquela vez a palavra soava estranha e diferente, tinha um jeito de navalha no ar. Arrepiava.

— Na minha terra teve um rapaz que ficou preso três ou quatro anos sem razão – disse o Moacir.

— Como assim?

— Houve um desfalque no banco. Desconfiaram dele, que era o caixa. Ele comeu cadeia. Jurou, jurou que não era ele. Quis até se matar. No fim de muitos anos descobriram o verdadeiro culpado.

— Quem era?

— O diretor…

O silêncio pesou sobre nós.

— Que cachorro! – disse por fim o Zarico.

— Quem?

— O diretor…

— Ah! Sim…

Aliás, de semblante carregado, mais com um jeito de diretor de penitenciária que de colégio, o professor Campelo surgira, nesse momento, cofiando o bigode, numa das janelas da sala de aulas. O ambiente policial dos últimos dias torturava a todos. Os próprios professores, nas aulas, faziam alusões ao caso, e cada aluno chamado, para dizer quais os vulcões da Oceania ou qual o sujeito do "Estavas, linda Inês, posta em sossego…" levantava-se como se o professor fosse apontar-lhe o dedo acusador, perante a classe: "ladrão! ladrão! ladrão!". Os vigilantes multiplicavam-se. Aproximavam-se de manso, para surpreender conversas. Adotavam um olhar de verruma, inquisidor, insultante, que éramos obrigados a tolerar com displicência, não parecesse a nossa revolta um gesto de consciência acusadora. Às vezes, um ou outro era chamado pela direção, submetido a interrogatório. O diretor ou os vigilantes, dizendo-se profundamente desgostosos com a situação, envergonhados por terem entre os alunos algum capaz de tão negro delito, pediam a opinião do aluno sobre o caso, se não observara nada estranho entre os companheiros, se estivera no sótão no ou nos dias prováveis do furto, se não surpreendera alguém próximo da mala fatídica, e assim por diante. Empregados do colégio tinham sido mandados ao Século XX e outras vendas menores da vizinhança, a saber das compras feitas pelos estudantes nos últimos dias. Já fora do colégio se sabia do furto. Os alunos externos, livres de qualquer suspeita, encarregavam-se de aprofundar ainda mais a chaga que nos torturava, comentando em voz alta, fazendo pilhéria, reprovando o caso.

— Parece mentira! Tem ladrão no colégio! Puxa!

* * *

Por quatro ou cinco dias se prolongou aquela situação. A própria exuberância afetada dos primeiros dias acabou caindo. Porque o mal-estar era indizível, contagioso, opressivo. Até que, numa tarde de quinta-feira, foi afixado no quadro-negro do corredor, onde se viam sempre os comunicados da direção, os anúncios de jogos intercolegiais e outras atividades do internato, um aviso que rebentou como bomba sobre a inquietação coletiva: "A direção do internato informa que, após cuidadosas investigações, acaba de descobrir qual o aluno responsável pelo furto verificado neste colégio na última semana. A penalidade a ser imposta a esse aluno será a expulsão. Entretanto, a diretoria, desejando dar a essa pessoa uma última oportunidade, certa de que a mesma agiu de maneira impensada e de que jamais reincidirá, dá um prazo de 24 horas para que o culpado, espontaneamente, se apresente ao diretor, confessando a sua falta. Se assim fizer, será perdoado e o caso será mantido em absoluto sigilo, desde que essa pessoa se comprometa a proceder, de ora em diante, dentro dos rigorosos princípios da honestidade."

Todos os alunos, um por um, passaram pelo quadro. E nenhum leu, a sangue-frio, o terrível comunicado. Sabia-se que, realmente, as investigações tinham sido sérias. A orientação estreitamente religiosa do colégio dava um caráter de particular gravidade ao incidente. E aquela tarde e aquela noite todo o internato emudeceu, na mais dramática das expectativas. O jantar parecia um velório. No recreio, entre o jantar e a campainha para as duas horas regulamentares de estudo, todas as noites, ninguém teve ânimo bastante para os jogos de sempre. Ninguém tinha assunto. Todos se entreolhavam com angústia. Quem seria o culpado? Quem seria o suspeito? Teriam descoberto o verdadeiro culpado ou estariam, sob indícios errôneos, suspeitando de um inocente, de um de nós? Quais seriam as consequências de toda aquela interminável agonia?

No íntimo, todos abrigávamos a ideia de que o culpado se apresentasse, contando com o perdão, lavando-nos assim o bom nome, pondo termo àquele horror. No dormitório, ainda alta noite, via-se que muitos continuavam insones. Ninguém se manifestara, mas sentia-se que todos participavam dos mesmos temores. Um observador superficial ficaria incerto sobre qual acusar, entre tantos corações inquietos, pela noite adentro. Porque todos pareciam culpados, consciência remordendo a alma.

Na manhã seguinte, continuava a mesma tortura. O mesmo entreolhar desconfiado, o mesmo receio. Estaria resolvido o caso? O criminoso se denunciara? Debalde procurávamos ler, nos olhos dos vigilantes impassíveis, a marcha da situação.

Naquele sofrimento decorreu o dia. Na hora de estudo, ninguém concentrava a atenção nos livros. Durante as classes, todos fracassavam. E, ao sairmos para o recreio, depois da última classe, novo aviso nos aguardava no quadro-negro. "Não tendo o culpado tido a nobreza de se acusar, penitenciando-se da sua falta, convidam-se todos os alunos do internato a comparecer à sala de reuniões às 5 horas em ponto."

E por baixo a assinatura do diretor, numa letra que nos parecia refletir uma indignação de profeta bíblico diante de Babilônia ou de Nínive.

* * *

Às 5 horas soou a campainha. Em silêncio, como gado para o matadouro, todos os rapazes se encaminharam para a sala. Muito grave, todo de negro, já lá estava o diretor, visivelmente nervoso, quase tão nervoso quanto nós.

– Sentem-se!

Sentamo-nos. Os vigilantes entraram, pondo-se ao lado do diretor. Um silêncio que pareceu de séculos seguiu-se. Depois, o professor Campelo ergueu-se, muito solene. Estava humilhado, envergonhado. Nunca imaginara que num colégio onde só entravam meninos de boa família, de pais honestos, fosse possível verificar-se um incidente daqueles, um crime – "sim, porque é um verdadeiro crime!" – e que vinha cobrir de lama não somente o nome do seu autor, mas o de sua família, sem falar no próprio bom nome do colégio. O que mais o entristecia, porém, era saber que o culpado – "o culpado já conhecido", insistiu – não tivera a nobreza de denunciar-se, deixando que a suspeita recaísse sobre todos os seus companheiros. Ele dera uma oportunidade para o perdão. Esperara 24 horas. E, entretanto, o culpado... (e o seu olhar agudo e acusador passeava por todos nós e descia-nos até às entranhas) o culpado – "que nós já sabemos quem é..." – não foi nobre bastante para se acusar...

– É doloroso – acrescentou... – É tristíssimo! Nós já sabemos quem cometeu esse roubo. (E o seu olhar passeava por todos nós.)

Sabemos quem foi cobrir de vergonha o nome de seus pais venerandos... Sabemos quem vai ser expulso do colégio, quem vai ser obrigado a voltar para a casa de seus pais sob a pecha infamante de ladrão! Demos uma oportunidade... Para que ele se penitenciasse... Para ser perdoado... Para não ser expulso... Para não matar de vergonha os seus honrados pais...

Parou. Olhou-nos. Estava pálido. Nós também. Respirou profundamente.

— Mas uma expulsão de um colégio é coisa gravíssima! Ela acompanha toda a vida, como um labéu infamante, quem a mereceu... Na minha vida de professor eu já fui obrigado, uma vez, a expulsar um aluno...

Parou de novo.

— Fui obrigado... Seis meses depois, devorado de desgosto, morria o pai desse menino...

Calou-se e o seu olhar, quase de naufrágio e de súplica, nos machucava ainda mais.

— Eu quero evitar esse horror... E vou dar outra oportunidade... Mais vinte minutos... para que o culpado... o culpado que nós já sabemos quem é... venha à minha presença... confesse o seu erro... Eu quero perdoar... Dou vinte minutos... Vinte minutos mais... Vão para o recreio... O culpado pode me procurar... É uma oportunidade de mostrar o seu bom caráter... o seu arrependimento... e o incidente será esquecido...

Calou-se, ofegante, como quem queria dizer mais alguma coisa. Depois, fez um gesto, dispersando o grupo.

***

Saímos em silêncio. Uns para o recreio, outros para os dormitórios, alguns para as salas de aula. Vinte minutos, vinte séculos. A campainha soou, regressamos à sala.

Mais pálido que nunca, o professor Campelo ergueu-se.

— Bem... Vamos ser obrigados a medidas extremas...

Deteve-se.

— Vamos ser obrigados a expulsar o culpado...

Seu olhar ainda era geral, para todos...

— Vamos ser obrigados, já que o culpado assim o quis, a humilhá-lo em público. Vou apontá-lo a todos... É doloroso... mas é preciso assim fazer... Mesmo assim, ainda espero não ter que expulsá-lo... Vou dar cinco minutos a esse moço para que se levante... e confesse o delito... Sei que foi um caso impensado... Sei que ele não quer cobrir de vergonha os seus pais... Que pretende continuar como um bom moço... Estudar... Fazer carreira... Ele sabe que a expulsão não somente humilhará seus pais... prejudicará toda a sua vida... E como prova de confiança no futuro desse moço, espero que ele tenha a coragem moral de se levantar... É a última oportunidade...

Sua voz tornou-se mais grave, mais pausada, soturna.

— Antes que eu seja obrigado a apontar... antes que eu seja obrigado a ex-pul-sar... esse moço pode ser ainda perdoado... Basta levantar-se...

Esperou alguns segundos. Pareceu irritar-se.

— Exijo que esse moço se denuncie! Se não quer ser expulso! Se não quer ser corrido do colégio como um miserável!

E agora o seu olhar não era mais vago, para toda a classe. Ele fixava duramente apenas a ala direita da sala, onde era visível que vários tremiam, debaixo da mais violenta emoção. Mas o professor Campelo dominou-se. Voltou a revestir-se de calma.

— Eu apelo para esse moço (sempre olhando para a ala direita), eu apelo para esse moço... em nome de seus pais... Para poupar-lhes a vergonha... o desgosto... Vamos... levante-se... Denuncie-se... Eu ainda estou disposto a perdoar...

Calou-se, puxou o relógio, baixou os olhos.

— Dou trinta segundos... Trinta segundos... ou a expulsão...

O silêncio era de morte. O professor Campelo ergueu lentamente a cabeça. E, de repente, transformado em raio divino, em *dies irae*, em apocalipse, apontou, teatralmente, para um dos rapazes.

— Foi você!

Houve alguns segundos de hesitação. O indiciado olhou para os lados, como se não compreendesse.

— Foi você! Levante-se! Você mesmo, Barata!

Ele saltou, como tocado por mola oculta, ao ouvir o seu nome.

— Eeeeeeu?

Foi tal a sua expressão de espanto e de indignação, tão profunda e tão sincera a sua surpresa, que o professor Campelo vacilou.

— Sim... Foi você! Temos provas!

— Eeeeeu? — tornou a fazer o rapaz, numa fúria incontida. — Eeeeeu? Mas o senhor está louco?

O velho Campelo desorientou-se por completo.

— Não foi você?

Barata, trêmulo de revolta, encarou a classe.

— Eu quero saber quem foi o des... graçado, o filho da mãe que inventou essa calúnia! Quero ver se esse cachorro é capaz de sustentar isso na minha frente! Quero ver se ele é homem!

E os seus olhos fulguravam de ódio.

— Vamos! Quero ver! Quero ver quem é homem!

E, de punhos cerrados, Barata, habitualmente a serenidade em pessoa, procurava, entre os que o rodeavam, pronto para um mortal ajuste de contas, aquele que levantara a calúnia.

Ninguém se mexeu. Barata voltou-se para o diretor, com um sorriso sarcástico.

— Está vendo? (E apontava-nos com o dedo.) Está vendo? Não tem um cachorro que tenha coragem de sustentar! Pelas costas, caluniam! Mas na hora de enfrentar um homem, é isso! Se acovardam!

E para o diretor e para todos nós.

— Vamos! Vamos! Quero ver! Quero as provas! Quero saber quem foi o cão que me acusou!

Foi quando, vendo o diretor inteiramente desorientado, desarmado ante a atitude altiva e firme do rapazola, o chefe dos vigilantes, que evidentemente organizara a sessão, se levantou.

— Calma, menino, calma... Quer matar, pode matar... Quer comer gente, pode...

Sorria, irônico, para ver se o desconsertava.

— Nós somos mesmo um país de antropófagos... não faz mal... Mas tem tempo... Calma... Primeiro você vai nos explicar dircitinho umas coisas... Está disposto a responder a algumas perguntas?

Barata encarou-o firme.

— Pergunte! Pois não! Pergunte!

— Você esteve ou não esteve no sótão no dia do roubo?

A hesitação de Barata foi quase imperceptível.

— É preciso que o senhor me diga em que dia foi o roubo... Eu não sei...

O chefe dos vigilantes vacilou por sua vez, mas não perdeu o tom sarcástico.

— Eu penso que você devia saber mais do que eu... Em todo o caso, aí vai a informação: foi quinta-feira...

— Quinta-feira? Quinta-feira? Não. Não estive.

O vigilante-Sherlock fez um ar satisfeito.

— Onofre!... Osório!... Limeira!... Vocês viram ou não viram o Barata, quinta-feira passada, ir ou sair do sótão?

Barata pulou para os colegas.

— Ah! Foram vocês, seus filhos!? Foram vocês?

E avançou para o primeiro deles sendo a custo contido.

O vigilante insistiu:

— Você viu ou não viu, Onofre?

Onofre hesitou.

— Eu acho que sim...

— Mas sim ou não?

— Eu talvez me enganasse...

— Está vendo, professor? É mentira! Vai ver que foi ele! Ou então é de inveja! O Onofre sempre quis ser o primeiro aluno de latim e nunca conseguiu me pegar. Ele agora se vinga!

— Calma, menino, calma — continuou o vigilante. — Não gaste o seu latim. E você, Cesário, viu ou não viu?

— Vi.

— Você, seu cachorro? — atalhou Barata.

— Vi. E o Limeira também.

— Mentira!

— Vimos — cortou Limeira. — Você vinha descendo a escada, com aquele Atlas velho na mão...

Barata pareceu cair em si, levou a mão esquerda à testa, num grande estalo, recordando.

— É verdade! Nem me lembrava! Estive mesmo! Agora eu me lembro. Fui buscar o Atlas, fui deixar um sapato velho...

E voltou-se para o diretor.

— Mas isso é crime? É contra o regulamento? Prova alguma coisa? E fui só eu que estive lá?

O diretor já recuperara o pé e concordou.

— Não. Não prova nada. Nem foi o senhor o único. Mas há duas semanas desapareceu de entre os livros do Otávio, seu companheiro de carteira (ele deu queixa na ocasião) um Dicionário do Povo...

— Relaxamento dele...

O vigilante da noite interveio.

— No dia seguinte ao desaparecimento da lata de goiabada você andou vomitando por aí...

— Então a comida do colégio não presta e quando a gente fica doente é preciso ter roubado goiabada dos outros? Essa é boa!

Alguns riram também. O vigilante-chefe comandou silêncio.

— Não se afobe, mocinho. Eu tenho mais umas perguntazinhas... No dia do roubo, você esteve ou não esteve no Século XX?

— Não estive.

— Esteve. Foi, aliás, o único aluno do colégio que esteve. Lá pelas cinco horas. Quer que eu chame seu Manuel para confirmar?

— Aquele portuga tem raiva de mim. Só porque eu vivo escachando com Portugal...

Um vigilante saiu e voltou, segundos depois, com o português.

— Conhece este menino?

— Conheço.

— Ele esteve no seu armazém quinta-feira passada?

— Esteve.

— Gastou quanto?

— Uns dois ou três mil-réis...

Todos se voltaram para Barata. Ele não se perturbou.

— Olha aqui, seu portuga de uma figa, olhe bem para mim!

E chegava o punho fechado à cara do português todo constrangido.

— Olha bem pra mim, desgraçado! Olha aqui! Fui eu? Você tem certeza que fui eu?

— Ora essa! Tenho...

— Mas fui eu mesmo ou foi algum que te pagou pra me acusar?

— Ora m'nino, que b'staira!

— Então me diga uma coisa: o que foi que eu comprei?

— Isso não me alembro...

— Ah! não se lembra? E foi sexta-feira, não foi?

— Foi, sim senhoire!

Barata, esverdeado de indignação e de sarcasmo, voltou-se para o vigilante:

— Está vendo? É testemunha arranjada para me caluniar... pra me perder... Antes era quinta-feira... agora já é sexta... É muita vontade de fazer a desgraça de um homem!

E dava uma força extrema à palavra homem, afirmação violenta de personalidade ofendida.

O professor Campelo voltou-se para o português:

— O senhor tem certeza de que foi ele?

— Tenho, seu doutor!

Barata interveio:

— Está bem... Se a minha palavra vale menos do que a deste português analfabeto, que vende novecentas gramas por um quilo...

— Veja o que diz, menino! – falou irritado o diretor.

— Sim, é isso mesmo! Ninguém tem escrúpulo em me ofender, em me acusar! Eu tenho também o mesmo direito! Se acham que a palavra desse sujeito vale mais do que a minha, e se isso prova alguma coisa, expulsem-me! Ora essa, expulsem-me! Mas eu saio de cabeça erguida, de consciência limpa!

— Está bem, pode retirar-se, seu Manuel, muito obrigado – disse o vigilante-chefe. – Depois conversaremos.

Voltou-se para o Barata:

— Então você é capaz de jurar que não esteve no Século XX quinta-feira, que é engano dele?

— Juro! Juro por Deus! Mas não é engano, é calúnia!

— Bem, bem... Calma... Podemos, para argumentar, aceitar a sua palavra... Mas há mais...

Não nos surpreendera a carga inicial contra o Barata. Realmente, ele tinha sido o indiciado favorito de todos. Várias circunstâncias justificavam aquela suspeita. Mais de uma vez haviam sido descobertos em seu poder objetos alheios que ele havia "achado". O notório caso da goiabada só não fora explorado porque o diretor preferira fazer vistas grossas. Outros pequenos desaparecimentos de níqueis, anteriormente, haviam coincidido com modestas prodigalidades suas. Vários indícios se acumulavam. Mas diante de sua reação indignada e firme, todos nós, embora desejosos de uma solução e esperançados de que ele nos devolvesse a paz, estávamos abalados também e já passávamos insensivelmente a tomar o seu partido. O vigilante, porém, não parecia disposto a ceder.

— Há mais... — continuou ele. — O senhor não tem o passado muito limpo... O senhor esteve no Mackenzie, não esteve?

— Estive.

— Não se lembra do que houve lá?

Barata empalideceu ainda mais...

— Houve tanta coisa... Estudei dois anos lá...

— Pois bem. O Luís Lagre vai contar... É verdade ou não que...

— Já sei! Já sei! — interrompeu Barata. — Já sei o que vai dizer... Lá me acusaram uma vez de ter batido um dinheiro de um camarada... Eu... eu bati mesmo... Mas de brincadeira... Eu tinha só doze anos... Não fiz por mal... Todos reconheceram... E nunca mais, todos sabem disso, nunca mais ninguém teve o direito de me acusar. E era uma porcaria... coisa de criança... dois mil-réis... Ninguém tem o direito de me castigar hoje por uma criancice feita há tanto tempo...

— Nem vai ser castigado, mesmo. Estou apenas querendo citar um precedente... Mas tenho mais um fatozinho... Você sabe que a sua chave abre a mala do Cortes, que é a única chave que a abre, além da dele?

Barata sorriu.

— Sei... Mas eu queria é que me dissessem quem roubou a minha chave... Ela desapareceu há mais de dez dias... A prova é que a minha mala anda sempre aberta...

A resposta desconsertou a todos. Mas Dutra, o vigilante-chefe, ainda tinha uma arma de reserva, a grande arma.

— Você tem dinheiro no bolso?

— Tenho.

— Quanto?

— Oitocentão.

— E ontem, tinha mais do que isso?

— Tinha.

— Quanto?

— Dez-tões.

— Só?

— Só. Gastei duzentos em rapadura, fiquei com oitocentos.

— Tem certeza de não ter mais nenhum dinheiro?

— Dou revista! Pode revistar...

E prontificou-se para o exame.

Dutra sorriu e disse:

— Quero apenas examinar o seu colete... Esse bolsinho aí de cima... Esse que está furado...

— Pois não... Pois não... Examine...

Dutra aproximou-se, enfiou o dedo, procurou, procurou, buscou nos outros bolsos.

— É... você é sabido... Mas ainda ontem à noite, a uma hora da madrugada, ainda havia, nesse mesmo bolso de que eu falei, uma nota bem dobradinha de dez mil-réis...

— É mentira!

— Mude a linguagem, seu malcriado. Eu vi... Eu examinei... Eu, pessoalmente...

— O senhor encontrou uma nota de dez mil-réis no meu bolso?

— Encontrei!

— É espantoso! E eu que precisava tanto de dinheiro!

— E como explica isso?

— Só se alguém, o verdadeiro ladrão, pôs a nota no meu bolso... para me culpar, para me prejudicar...

— E como é que se explica a ausência da nota, agora?

— Eu não sei, seu Dutra... Para mim não seria fácil explicar a presença da nota... Quanto mais a ausência de uma nota que eu nunca vi...

A confusão era geral. O próprio Dutra, até então firme, deu sinais de fraqueza...

— Pelo que vejo, estamos diante de um mistério...

— De um mistério, não! De uma infâmia! De um complô para me prejudicar... São inimigos meus... Eu estou cheio de inimigos no colégio... Aqui eu não fico mais... Vou escrever a papai... Isso não pode continuar... Não pode!

O diretor, então, resolveu intervir.

— Bem... Tudo isso é muito lamentável... Realmente, nós tínhamos razões muito sérias para suspeitar do senhor... Mas, se é como diz... não sei... O senhor jura, o senhor dá a sua pa-la-vra-de-hon-ra que não foi o senhor?

— Juro!

— Jura por Deus?

— Por Deus, por meu pai, por minha mãe, por tudo o que há de mais sagrado!

— Jura? Jura mesmo?

— Juro!

— Está bem – disse humildemente o diretor. – Só o que temos a fazer é lamentar o que houve, pedir-lhe desculpas. Vamos investigar outra vez. Este caso precisa ser esclarecido.

E, estendendo nobremente a mão ao rapaz:

— Sinto muito... Barata... Sinto muito... Desculpe... Vamos esquecer o que houve...

Pálido, coberto de suor, como após longa luta corporal, com uma expressão súbita de cansaço, Barata apertou a mão do professor Campelo. Parecia dentro de um pesadelo. Parecia só agora ter dado conta do que se passara, só agora quebrado pelo imenso esforço... Tinha uma expressão de vitória, é verdade. Olhava-nos triunfante. Mas estava exausto. A vitória inesperada, pela qual tão heroicamente lutara, parecia ter relaxado o potencial de energia de que dera provas durante a tensão violenta da batalha. E já sem controle, pensando alto:

— Eles estavam certos de que eu ia ser besta de confessar... Uma ova!

Foi difícil acreditar... Mas estávamos salvos.

LIBERTAÇÃO

Ainda hoje revivo, como de ontem, a alegria com que transpus, dificilmente, aos empurrões e sopapos, aos *perdone usted*, a multidão que se comprimia, naquela noite fria de junho, na Darsena Norte. Embarcava rumo à Europa um alto figurão italiano, creio que ministro ou embaixador, não o quis apurar, e associações e *fasci* tinham ido levar ao grande personagem flores e vivas. O dinheiro recebido para o repatriamento fora-se quase todo na passagem, nos papéis de embarque, e no gesto olímpico de pagar os três meses de atraso, na modesta pensão de Almagro, onde passara quase um ano, comendo quando calhava, porque, acabadas as minhas reservas de turista involuntário, eu desistira da alimentação, responsabilizando-me apenas pela cama, a dez pesos mensais.

Meu companheiro de quarto, um refugiado paraguaio, figura de proa de um partido em desfavor, reservava-me sempre um pedaço de pão e uns restos do indefectível puchero, que lhe era servido em abundância, na mesinha humilde, atravancada de livros.

Sempre que me era possível resistir, eu fugia ao seu gesto de solidariedade humana, aparecendo noite alta, sustentado pelos cafés que exilados brasileiros me pagavam, e algumas vezes pela notinha rósea de um *peso* que um antigo colega de estudos, funcionário de uma representação oficial brasileira, me passava às escondidas, sempre interessado em que o não soubessem ligado a qualquer foragido das delegacias de ordem social. Seja como for, era-me sempre menos penoso achacar patrícios do que partilhar do puchero da confraternização paraguaio-brasileira, mesmo porque o meu excelente companheiro de infortúnio costumava pagar-se com ágio, esmagando-me ao peso das glórias do seu pequenino país. O Paraguai, para ele, era o centro da terra. Para ser o primeiro país do mundo faltava-lhe apenas o retorno do seu partido ao poder. Língua mais bela não havia do que o guarani. E tome recitativos monocórdicos! Povo mais valente o sol não conhecera. E tome batalhas e tome heróis! Eu chegava a ter impressão de que a Retirada da Laguna fora tão demorada porque os soldados de Lopez atacavam apenas a fuzil, a canhão, a fogo na macega. Se eles usassem a arma deste meu amigo, se falassem, Camisão e os seus heróis ganhariam distância num relâmpago! Porque aquele semi-índio de cabelos negros e lisos, deixando uma estreita cinta para a testa, tinha o dom de apavorar. Não havia fome que ousasse enfrentar a sua narrativa de lendas guaranis, as mais belas do folclore mundial, as únicas originais, sem qualquer influência euro-africana! Não haveria cristão que suportasse dois dias de intimidade com aqueles homens de olhar fixo, de lábios semicerrados, de fala baixa, para dentro, vivendo, com um orgulho superariano, seu racismo selvagem.

Ainda assim, fora o Echegaray quem me fizera a última gentileza em Buenos Aires. Acompanhara-me ao porto e, percebendo os olhos com que eu via o galopar dos números no taxímetro, apressara-se em pagar o chofer, num gesto derradeiro de hospitaleira fidalguia.

Para Echegaray eu fora um hóspede. Tomara-se de simpatia por mim, mesmo porque eu, quando não tinha outro remédio, sabia ouvir com todas as aparências de interesse, de admiração e de espanto.

— Você há de conhecer o Paraguai, quando nós vencermos. Será meu convidado especial, passagem paga...

Passagem paga... Lá estava eu, feliz, num italiano atamancado, apresentando o meu passaporte e a minha papeleta da Italmar aos oficiais de bordo... Regressava, afinal! Resolvera-se a minha situação! Parentes haviam conseguido remeter-me algum dinheiro. E com que comovida emoção, com que olhar humano e compreensivo eu contemplava aquelas famílias italianas, que irrompiam escada acima, papéis na mão, de volta de um exílio curto ou longo, infeliz ou vitorioso, rumo à pátria... Muitos choravam. Da saudade prematura de parentes, filhos do exílio, que lá ficavam. Muito mais, com certeza, de felicidade...

* * *

Meu lugar estava assinalado numa larga mesa para oito ou dez pessoas. Aproximei-me friorento e raivoso. Estava a partida marcada para a noite anterior, entre 20 e 21 horas. Ao despertar pela manhã, percebendo que o navio estava parado, atirei-me à escotilha, triunfante, certo de que ia rever Montevidéu, toda uma etapa vencida. Qual não foi o meu espanto ao ver que ainda estávamos amarrados à Darsena Norte. Soltei um daqueles palavrões que reboam, tão sonoros e silabados, nos *tinglados* irreverentes de Leandro N. Alem. Meu companheiro de cabina, que passara a noite insone, contou-me que as águas baixas do rio não haviam permitido levantar ferros. Aprontei-me, irritado, fui para o refeitório, onde grupos, pelas mesas cheias de pão redondinho, falavam alto todos os tenebrosos dialetos da Itália. Dei um *buon giorno* sem eco. Duas italianas gordas conversavam com grandes gestos. Amanteguei o meu pão, caíram meus olhos num velhinho encolhido a um canto da mesa, que choramingava um choro sem lágrimas, de bebê resmungão, de murmúrios ininteligíveis, tão impossíveis de penetrar quanto o dialeto falado aos tiroteios pelas duas mulheres.

Tomei em silêncio o horrível café que trouxeram, o salão atravancado com a exuberante mímica italiana.

— Ma basta! Non piangere! Non piangere! — disse, bruscamente, uma das mulheres, voltando-se para o velhinho, cujo pranto monótono tinha um quê de cantilena, de obsessão.

Ele murmurava qualquer coisa impossível de entender, na sua fala sem dentes, os olhos infantis, assustados, postos na companheira. Esteve assim alguns segundos, para logo depois retomar o cantochão tristonho da sua mágoa para mim inexplicável.

A mulher deixou-se absorver outra vez na palestra. E eu fiquei de soslaio, olhando o pobre, procurando comigo a razão daquele choro que tinha uns longes de insânia. Deixaria filhos e netos na terra em que viera fazer a América? Lamentava agora abandonar a terra, onde aprofundara novas raízes, com a mesma dor com que deixara, trinta ou quarenta anos antes, a sua aldeia nativa, em busca da aventura dourada dos pampas e das *haciendas* do sul? E uma grande pena me tomou, pensando numa cabeça igualmente branca e bonita, que me esperava na minha terra, com essa ternura que só os pais conseguem alimentar no coração.

***

Ainda à hora do almoço, poucas mesas estavam cheias no imenso refeitório de imigrantes. Os dois primeiros dias de viagem, mesmo nas águas tranquilas e barrentas do Prata, têm sempre as mesas vazias.

Na minha, porém, já estavam as duas velhas, uma falando sempre, a outra agitando a cabeça, penalizada.

— Mamma mia! Mamma mia!

E lá estava outra vez o velhote, monologando baixinho, numa voz plangente, o olhar perdido.

Percebi que as duas mulheres falavam justamente da tragédia. Haveria seguramente alguma tragédia atrás daquele pranto que lembrava um disco desarvorado. E devia ser da tragédia, porque ele agora não dizia mais nada, acompanhando a narrativa da esposa, enquanto a interlocutora, num tom dramático e sentido, agitando as mãos postas, a cada passo lhe voltava o olhar.

— Ah! Povero, poveretto! Ha ragione! Che disgrazia!

Meu interesse aumentou. E para entrar na conversa, pedi a uma delas a botelha de vinho barato, ração que nos cabia a todos nós, pelos regulamentos oficiais. Ela atendeu-me, prontamente. Agradeci com um sorriso intrometido, oferecendo-me para servi-la. A velha aceitou, eu entrei na família. Nisso, como as lamúrias dolentes redobrassem, a outra explodiu como de manhã, sem irritação, mas com energia:

— Ma non piangere, caro! È passato, non sai? È passato l'orrore! Bisogna rassegnarsi!

E voltou-se para mim, como desejosa de uma explicação. A companheira, já a par do caso, sentiu-se movida pelo mesmo desejo. Bebi, de um gole, alvoroçado, o copão de vinagre.

※ ※ ※

Eu compreendia agora. Eles tinham vindo para a Argentina, quase quarenta anos antes. Imigrantes paupérrimos, sem parentes e amigos, na imensa terra desconhecida. Haviam tentado a vida em Pergamino com insucesso, tinham descido, ano e meio depois, para além de Neuquén, no território de Rio Negro. E lá, à força de trabalho, de paciência, de energia construtora, dos imensos campos sem valia, pagos dificilmente apesar de quase grátis, haviam feito uma propriedade rica e próspera, a mais sólida e futurosa dos campos do sul. Quatro filhos, já nascidos na terra nova, eram os seus peões mais valorosos, quatro colunas sobre as quais se erguera uma fortuna tranquilizadora, para o retorno à terra natal, que depois da vitória, com o passar do tempo, se tornara obsessão para os dois velhos. Tamanha fora a insistência, por tantos anos prolongada, com descrições tão apaixonantes das paisagens da pátria, que os moços, numa atitude rara em filhos de colono italiano, haviam concordado em vender as terras e o gado e recolher à pátria de origem. Todos solteiros, não seria difícil partir. Mas todas aquelas redondezas despovoadas, os imensos desertos do sul estavam a par dos seus planos e passos. E quando se realizou a venda e o dinheiro invejável foi recolhido em casa, poucos dias antes da partida para o norte, numa noite sombria de vento uivando pelas cumeadas da casa e pelas copas das árvores, a velha mansão foi assaltada. Bandidos mascarados, poderosamente armados, surgiram da treva. Gigetto, o filho mais moço, que repousava no alpendre das canseiras do dia, deu conta do perigo, quis armar-se, foi derrubado em silêncio por uma punhalada nas costas. Os bandoleiros penetraram na casa. Dois serviçais fugiram sem resistência. O casal de velhos foi amordaçado, as mãos amarradas às costas. Um dos assaltantes, enquanto os outros se punham em guarda, revolveu quartos e móveis. O dinheiro, grosso e muito, foi encontrado facilmente. E ante o desespero do casal Marangoni, quarenta anos de trabalho desapareciam. Já se retiravam os assaltantes, quando novos tiros soaram. Os outros filhos chegavam, avisados pelos peões fugitivos. A luta foi rápida. Os bandidos eram dez ou doze, todos bem armados. Dois ficaram por ali, sacrificados na luta, enquanto os outros iriam desfrutar, ninguém saberia onde, os frutos do assalto. Três peões da fazenda ficaram gravemente feridos. E mortos, irremediavelmente perdidos, os três filhos restantes.

***

Eu tinha às vezes vontade de me aproximar do infeliz. Aquele pranto contínuo e dementado cortava-me a alma. O velho Marangoni era uma tragédia viva. Comovia-me infinitamente mais que a companheira.

Porque ainda era capaz de contar, de falar, de desabafar. E encontrava nisso um derivativo. Pouco a pouco todos os companheiros de viagem foram-se inteirando do seu drama. Rodeavam-na, cheios de curiosidade e compaixão. Pediam novas minúcias. Se os bandidos não tinham sido presos, se ela não tinha outros parentes. Em que dia fora... Que providências tomara o governo... Se pretendia voltar da Itália... E aos meus olhos envenenados pelo gosto da análise, parecia por vezes que ela encontrava uma compensação, para a sua desgraça, na importância brusca de que se revestira. Era centro de atenções. E pontificava, quase vitoriosa.

Já o velhinho, não. Choramingava, num desamparo grande. E dizia, baixinho, num monólogo tristonho, coisas dirigidas à gente pelo jeito dos olhos, de náufrago, mas que ninguém conseguia entender, ditas num italiano sem dentes, quebrado pelo sofrimento.

Quis mais de uma ocasião dirigir-lhe a palavra. Recuava, arrepiado de horror. Perguntar, indagar, seria uma profanação. Usar as clássicas expressões de consolo, parecia-me insulto. E eu me contentava em contemplá-lo com tudo o que podia ter de simpatia humana, esperando que o calor da minha compreensão o envolvesse. Tudo o que estivesse em minhas forças fazer, para diminuir-lhe o peso do fardo, para levar-lhe uma côdea de conforto, eu faria. Meus três dias de viagem foram todos vividos na respeitosa contemplação da sua dor sobre-humana. Quando chegamos a Montevidéu, tive a tentação de convidá-lo para descer, a fim de oferecer-lhe uma distração. Eu gostaria de, por um momento, substituir longinquamente um dos seus filhos, dar-lhe uma vaga impressão de carinho filial, do calor de uma ternura moça, que a vida lhe concedera em tão alto grau por tantos anos, e de que agora o privava com uma brutalidade espantosa de tintas. Pensava no que eu havia feito sofrer, com os desmandos da minha juventude inquieta, ao bom velhinho perdoador, que me esperava. E avaliando, em parte, o que deve ser um coração de pai, pelo que observara no meu, apesar da minha inconsciência de moço, mobilizava todas as minhas reservas de solidariedade em direção ao velho Marangoni. Tentei duas ou três vezes dirigir-lhe o convite. Não tive coragem. Apoderava-se de mim uma timidez respeitosa. E acabei descendo à terra, olhando os bazares, as cigarreiras, as casas de novidade, a ver se encontraria alguma coisa que lhe pudesse oferecer.

Por fim, comprei alguns maços de *Rubios*. Já sabia a marca por ele fumada.

De volta ao vapor, continuei sem ânimo para abordá-lo. Mas o calor da minha simpatia se comunicou. E para mim seus olhos se voltavam, com uma insistência que me torturava, me prendia, sem que eu me atrevesse a fugir daquela cadeia imponderável. Sentia horror vendo-me arrastado pela tragédia de um desconhecido, como peça de uma grande e misteriosa engrenagem, e todas as tentativas feitas para me libertar daquela atração de abismo eram repelidas por uma voz interior mais forte, que me acusava de deserção, de covardia.

O drama, os olhos, o desamparo daquele homem me obsessionavam numa fascinação alucinante. Eu provava uma sensação estranha de volúpia dolorosa, em me sentir cada vez mais envolvido pelo seu sofrimento.

Alguma coisa me impelia, silenciosamente, para o raio de ação dos seus olhos, cuja cor até hoje não consigo precisar, em que a loucura e a inocência brilhavam, quase materializadas.

O curioso é que, quando me aproximava dele e ele me olhava num distanciamento de moribundo, as palavras me fugiam, como se perdessem todo o poder de expressão, e parece que o mesmo fenômeno se passava com o meu companheiro de pesadelo. Era como se toda a sua vida estivesse dependendo de mim. Ficávamos assim, minutos ou horas, ele com o rosto contraído, chorando gemidos angustiantes, eu como à beira de um precipício. Depois ele começava a falar. Comigo. Baixo, engrolado, sem governo, numa meia língua que eu não conseguia entender, mesmo porque ainda me mantinha a certa distância, numa reação desesperada.

Julgaria ele ver em mim um dos filhos perdidos? Estava ali eu a recordar-lhe os filhos mortos? E um misto de piedade e de volúpia, de masoquismo talvez, me escravizava, alheando-me da vida que se movimentava cada vez mais, entre os passageiros já ambientados com o mar.

Afinal, no meu último dia de viagem, quando eu já tinha a impressão de que descer em Santos era desertar, aconteceu que nos sentamos juntos, na mesa grande, à hora do café da manhã. Laços invisíveis nos apertavam cada vez mais. Cumprimentei-o. Ele viera sozinho para o café? Não respondeu. Ficou a olhar-me fixamente, em silêncio. De repente recomeçou o choro doloroso, agitando os lábios, querendo falar. Falava. Palavras ininteligíveis, sempre iguais, numa necessidade febril de desabafo. Aproximei-me lenta e humildemente, num gesto filial:

– Como? Como? Não compreendo...

Ele parou de novo. Só então, pela primeira vez, as lágrimas brotaram. Creio que nos meus olhos também. Eu lutava por me desvencilhar. Creio que a irrupção das lágrimas, porém, deu-lhe novas forças. E até hoje não sei se ouvi ou criei, num anseio de libertação, as palavras que me chegaram, inesperadamente, do fundo da sua tragédia, desta vez bem nítidas, espantosamente nítidas:

– Il mio danaro... Dio Santo! Tutto il mio danaro!

FOLGADO

Tinha trabalhado primeiro na Lins de Vasconcelos, e passara depois para a linha da Penha como cobrador. Pagavam mal, as viagens longas, o ônibus sempre cheio. Raramente pegava um minuto para descansar. Um dia, brigou com o fiscal, que aumentara o número dos passageiros. Era homem que o perseguia, sempre a criar dificuldades. Houve ocasião em que o obrigara a pagar do seu bolso quase dez mil-réis. Pagou, para evitar complicações. Mas aquele dia estava de veneta e empombou. Resultado: insultos, meia dúzia de ameaça, palavrões. De repente, perdendo a paciência, jogou o boné na cara do outro:

— Ladrão é você, ouviu, seu porco?

— Ora, vá tomar banho!

— Vá você, que está no Brasil há vinte anos e só viu água de chuva. Ainda usa o suor que trouxe da terra!

— Você não facilite!

— Facilito! Eu estou na minha terra, eu facilito! Não admito que italiano venha gritar com brasileiro! Se quiser, vá gritar com o Mussolini!

Os companheiros intervieram — "senão, saía sangue"... — e Folgado saiu à procura de emprego. Só não "estragava" o italiano, porque não queria comprometer os companheiros. Sabia muito bem ser o rigor só contra ele, por uma quizila pessoal. Com dois outros cobradores o homenzinho tinha entendimentos e toda noite repartia os lucros.

— Carcamano à toa!

Esteve três meses na embira. Não tinha parentes na cidade. Viera do Norte para tentar a vida em São Paulo, por ocasião de uma seca no Ceará. Tinha trabalhado algum tempo na lavoura, numa fazenda perto de Araras, mas não viu futuro. Ganhava mal, não encontrava estímulo, não via cidade grande. Folgado gostava era de cidade grande. Além disso, caso ficasse na Santa Clara, acabava casando com a Carmela, uma italianinha de perna grossa e que gostava de brasileiro. Veio pra cima dele desde o primeiro dia. Folgado, que naquele tempo simplesmente Raimundo, estava morrendo de frio, todo encolhido.

— Tá estranhando o clima?

Raimundo sorriu, com saudade do Ceará, ainda fresquinho no seu coração.

— Estão armando uma fogueira na colônia. Vamos ajudar?

Junho mau. Raimundo deixou o tronco de aroeira em que sentara, solitário, embrulhado num cobertor encardido.

— Tá bem. Vamos.

Deixou o cobertor no quarto miserável em que morava, com um caboclo do Nordeste, que diziam fugitivo da polícia, e foi fazer força.

Carmela era alegre, tinha os seios grandes. Raimundo gostava de seio grande. Achou bom esbarrar toda hora, sem querer, naquela massa ingente de carne. A todo instante as mãos grossas dela, meio avermelhadas, se misturavam com suas rudes mãos de sertanejo do Crato. Braços macios, redondos, a carnação de cabelinhos arruivados pelo sol, oprimiam-lhe o peito de desejo e de susto.

— Tu tá brincando comigo, morena... tu te arrepende...

Morena ela não era. Tinha um cabelo cor de palha, da soalheira e da terra, a pele era queimada, um pouco vermelha. Mas desde a infância, morena, para Raimundo, era sinônimo de mulher.

Carmela achava graça e perguntava se ele queria ir ao fandango que ia haver em casa dela. Raimundo foi, sob os olhos acolhedores dos velhos, que viam nele um rapaz trabalhador e de bons costumes. Mais uma filha que se resolvia.

Um dia em que se encontravam no cafezal, Carmela começou a provocar. Queria por força pegar um cafezinho, lá no alto daquele cafeeiro de 15 anos, só para ele ver as pernas dela, que eram bonitas, brancas e benfeitas.

Raimundo, em vez de olhar, achou mais cavalheiresco apanhar o café. Ele também não era dos mais altos. Pôs-se na ponta dos pés, e as quatro mãos forcejaram, cada um querendo colher primeiro o grãozinho desejado. Nisso, Carmela perdeu o equilíbrio, caiu-lhe nos braços e ele ficou espantado, diante de tanta mocidade, os braços em volta do corpo gostoso. Os olhos dela eram azulados como um pedaço de céu. A boca estava cheia de dentes brancos. Ficaram rindo, ele sem jeito, ela simples e natural. Deu uma coisa em Raimundo. Raimundo beijou a testa de Carmela, Carmela não protestou. Então as duas bocas se encontraram. Primeiro, no macio dos lábios. Depois o beijo tomou proporções de cinema. E a língua de Carmela era ardente e ágil.

– Tu tá facilitando, morena – avisou de novo o rapaz.

E agarrou-a febrilmente, machucando os seios dela contra o seu peito, correndo-lhe o corpo com as mãos rudes que assumiam delicadezas estranhas, pegando-lhe com fúria os cabelos a que o sol e a terra tinham dado um tom vago de cabelo de milho. Súbito, os olhos azuis que a emoção embaçava encheram-se de energia.

— Ih! Mamma mia!

E Carmela fugiu por entre o cafezal, rumo à colônia.

Raimundo pensou que vinha gente. Não vinha. Quis seguir. Sorriu. Agora estava no papo. Carmela era boa... Mas a coisa não foi tão fácil como parecia. Carmela começou a evitar intimidades. Tinha a mesma ternura nos olhos azuis, ajustava mais o vestido, para desenhar melhor a tentação dos seios, apanhava folhas nas árvores altas, para ele ver a silhueta e a brancura das pernas.

Raimundo perdeu a cabeça, nos primeiros dias. A tentação o torturava. Mas bem o via, Carmela queria casar. Casar como? Raimundo nada tinha de seu. Metia a mão no bolso, saíam os cinco dedos, nada mais. Naquele fundão, sua mocidade vigorosa pedia mulher. Precisava casar. Mas, e o medo? "Antes fanhoso do que sem nariz", dizia consigo, lembrando o velho prolóquio da sua terra. Antes ficar a pé do que se arriscar. Mesmo porque, aquele beijo da Carmela era de quem beijara antes. Ah! sem dúvida! Aquilo não lhe saía da cabeça.

— Esse negócio de estrangeira, eu não sei, não...

E ficava cismando. Ia meter a mão em formigueiro. Não dava certo. E depois, ficava fulo de raiva quando Carmela começava falar italiano com os pais ou com os outros colonos. Diabo de mulher! Aquela história não podia acabar bem. Com certeza estava falando dele. Estava mangando.

— Por que é que você não fala língua de gente?

Língua de gente ela garantia que era, risonha.

— Uhm! — fazia o Raimundo incrédulo.

Tolerava, quando com os pais ou com gente de idade. O pior era quando falava com os rapazes, principalmente o Gino, louro e troncudo, metido a engraçado, que a fazia rir perdidamente. Raimundo não gostava de graças. E ficava achando que o melhor seria ligar-se com gente do seu sangue e da sua língua, com quem pudesse fazer uma união mais perfeita. Ganhava então vulto, diante do seu espírito, a figura da Mundica, promessa de espera no Crato distante.

— Você manda me buscar um dia?

— Mando, Mundica.

— Palavra de Deus?

— Palavra!

E Mundica não havia beijado antes. Fora ele o primeiro. Tinham nascido um para o outro. Raimundo. Raimunda. Sempre diziam que era destino. Por isso, um dia Raimundo pediu a conta, pagou umas dívidas, ficou sem jeito quando Carmela começou a chorar, lutou corajosamente contra o coração amolecido de pena, e uma bela manhã seguiu de trem para São Paulo. Tomou cama numa hospedaria da Rua Washington Luís, quarto onde todas as noites os companheiros se renovavam. Pulga, percevejos, cobertas sujas, dois mil-réis a dormida. Comida, café simples de manhã, com pão sem manteiga, bananas por almoço, e uma que outra vez o luxo de jantar num china, senão o dinheiro acabava. Como ficara fixo no hotel e concordava em dormir no corredor, nos fundos, quando havia clientes demais, a dormida ficava mais em conta, 1$500. A arrumadeira, rapariga de Sergipe que o via rodar o dia inteiro, buscando emprego com o empenho de quem sabia próxima a hora da fome, teve pena dele, e falou com o patrão, pedindo-lhe para colocar o rapaz. O espanhol protestou. Não tinha lugar para ninguém. Os tempos andavam ruins. Que os clientes eram poucos. Não iria perder um hóspede que pagava para aceitar um empregado a quem devia pagar. O máximo que poderia fazer: deixar por 1$400.

— Mas qualquer dia ele não pode pagar mais...

— Ora essa! Quando não puder, porta da rua, serventia da casa.

Aí a arrumadeira, que andava de namoro com um chofer de ônibus, se lembrou de falar com o amigo. O homem a princípio ficou desconfiado.

— O que é que você tem com ele?

— Nada, ora! Tenho pena...

— Mas se eu arranjar emprego para ele, o cujo tem de ir de morar lá para o Cambuci.

— Ué! Pode ir... Que me importa!

A empresa estava justamente precisando de um cobrador. E mais para afastar o possível concorrente que por solidariedade humana, o Jovane abriu a Raimundo Nonato a carreira de cobrador de ônibus.

— Vida apertada...

Era mesmo. Levantar cedo, trabalho sem horário, dinheiro pouco, freguesia mal-humorada, companheiros intrigantes e uma segunda edição da Carmela, que tomava o ônibus às seis horas, rumo à fábrica, e pagava a passagem sempre com o melhor dos sorrisos. Quase que Raimundo caíra. Mas depois soube ser aquilo com todos os cobradores e pôs-se de sobreaviso.

— Ela quer é avançar no dinheiro da empresa...

Raimundo acreditava nas mulheres-vampiro. E não acreditava em gente da estranja:

— Pra riba de mim, não, carcamana! Brasileiro sabido não vai em cantiga de cabelo louro...

Por sinal que Alda tinha os cabelos negríssimos. Mas para Raimundo, mulher tinha de ser morena, e estrangeiro, louro.

Iniciado no serviço, preso pelas relações, que o limitavam àquele círculo, Raimundo estava condenado a ser cobrador, como todos os seus colegas, que pulavam de uma para outra empresa, conforme o vento, ou conforme os fiscais. Foi adquirindo o espírito de grupo e chegou a segundo orador do Centro de Resistência dos Cobradores de Ônibus, tendo encabeçado um movimento contra o fiscal que o expulsara, sob alegações caluniosas.

Sua verdadeira questão, porém, era com o passageiro. Passageiro, para Raimundo, era mundo à parte. Preto, branco, mulher ou homem, tinha uma personalidade própria, o outro lado da humanidade, vagamente odiado em conjunto. Passageiro era o indivíduo que sentava, o indivíduo que pagava, o indivíduo que, antes da instituição das fichas individuais, fingia-se distraído para depois perguntar, quando ele lhe dirigia o quarto ou quinto "faz favor":

— Quer cobrar duas vezes?

Raimundo conhecia de longe aquelas pintas. Mesmo depois de inventadas as fichas, havia quem mergulhava num jornal, procurando não pagar, e, na hora de descer, virava-se, com todo o cinismo:

— Como é, cobrador, e a minha ficha? Eu quero descer!

Na linha do "Jardim Paulista", Raimundo já conhecia todo o mundo. Três anos de penetração. Ponto de subida, ponto de descida, horário de cada um.

— Ué! a "Zoio de gato" da Rua Salto perdeu hoje o carro das 8 e 15...

Havia um sujeito que subia na Rua Pedroso. Mas nem sempre descia lá. Ele escolhia sempre banco em que havia moça, com um ar muito distante. Quando descia na Rua Pedroso, é porque a coisa não pegava...

As conversas, rua acima, rua abaixo, traziam nomes, pedaços de vida, instrumentos de identificação. Este era doutor, aquele vendedor de livros, um terceiro trabalhava com queijos. Havia uma mulatinha que deixava qualquer passageiro encostar, sem escolha. Esquentada era aquela moça que subia na Alameda Lorena. Duas vezes dera o estrilo com passageiro que se metia a graças. E não tinha medo de escândalo. Falava alto, chamando a atenção de todo o mundo.

— Eu tenho visto muita coisa neste carro — dizia Folgado, cheio de experiência de vida. — Se eu quisesse, tinha o que contar...

Claro que ele nunca vira os horrores diariamente delibados pelos chóferes de carro de praça. Daquilo não podia haver no ônibus. Seria demais. Mas podia reconstituir muitas vidas, completar muito retrato, fazer muitas revelações. Chegara mesmo a generalizar, certa vez:

— Nação de gente que não presta é passageiro...

Porque cedo ou tarde, de uma forma ou de outra, todos se revelavam: mulheres casadas que davam confiança, solteiras aos namoros e agarrões, sujeitos sérios que saíam da linha. Vira muito casal trazer para o ônibus as contendas do lar. Quem havia de imaginar que aquela moça tão elegante, tão bonita, cheia de não-me-toques, seria capaz de usar palavrões de lavadeira, numa discussão a meio-tom com o marido?... E quem diria que um doutor seria capaz de usar tamanha espécie de insultos com a própria companheira? E onde não iria parar aquela garota, doze ou treze anos apenas, mas já tão sabida?

— Passageiro não presta...

Principalmente na hora do pagamento. Ali se mostrava o egoísmo e a má vontade dos homens. Por que motivo, quando abriam o porta-

-níqueis recheado de moedas, haveriam de dar sempre moeda de dez tostões ou dois mil-réis, só para tornar difícil o seu trabalho? Por que haviam de ser tão poucos os que davam o dinheiro certo ou, quando não o tinham certo, conhecendo a escassez de níqueis de tostão e duzentos, davam um de dez tostões e outro de duzentos, para que o troco fosse em duas de quatrocentos? Raimundo, que passara a Folgado pelo passo descansado e pela voz cantada e lenta, classificava os passageiros a seu modo, os que davam dinheiro certo, os que pagavam com cédula de 20 ou 50, para judiar ou para se exibir, principalmente havendo mulher no mesmo banco, os que não aceitavam passe, e outras subvariedades, entre as quais uma raríssima, a dos que perdoavam generosamente o troco de tostão.

Um dia um passageiro perdeu o equilíbrio, ao descer, machucando-se gravemente:

– Bem feito. Esse desgraçado nunca aceitou passe.

Confinado àquela vida exaustiva e monótona, os anos iam passando. Para variar, uma briga por causa de troco, o ônibus parado a meia subida, por uma complicação no motor, sob ironias e insultos dos passageiros, ou a obrigação de fazer amizade com os "grilos", para que não lhe multassem o carro por excesso de lotação, porque a multa saía do seu magro ordenado.

Havia outro problema: os passageiros ocupavam o carro aos trancos e taponas. Raramente desciam, quando havia excesso. Raimundo cobrava. Se o "grilo" não multava, ganhava a empresa. Se multava, caía a multa sobre o cobrador... E como nem sempre era fácil conseguir que os "excessos" descessem, o remédio era cultivar a camaradagem dos inspetores. Havia um que abusava. Encontrando cobrador ou motorista de folga, convidava logo para cerveja, que o paisano pagava, claro.

Raimundo era agora pensionista em casa de um chofer da linha, mulato espadaúdo, casado com uma italiana. Moravam no Bibi. Os anos tinham passado, o Crato estava cada vez mais longe. E agora, com a desculpa da falta de tempo, raríssimas as cartas para a Mundica. Aliás, o mulato tinha filha noiva. O noivo trabalhava na Light, no Alto da Serra. E vendo os noivos juntos e vendo a noiva só, o noivo longe, semanas inteiras, Raimundo, somando tudo aquilo ao conhecimento da vida que o ônibus trazia, começava a olhar com pessimismo a antiga companheira de infância.

— Qual! Ela não espera direito... Mulher, só pro fogo... Nação de gente danada...

Ainda naquela madrugada, ao sair correndo para a garagem, hora de partirem os carros, encontrara a mulata já desperta, lhe fazendo o café. Raimundo viu os eternos seios grandes da sua obsessão meio à mostra. Gracejou barato:

— Fecha o cofre do motor, Maria Clara...

A direção dos seus olhos indicava qual era o cofre. Maria Clara riu. Raimundo ficou excitado.

— Deixa eu por uma fichinha no meio?

Era gracejo de cobrador.

— Malcriado! — disse Maria Clara, indulgente.

— Está na hora! — gritou, da rua, impaciente, o chofer. — Toca o bonde, Folgado!

Raimundo tinha que sair.

— Até logo...

Maria Clara estendeu-lhe a mão carnuda. Olharam-se nos olhos.

— Eu ponho a fichinha...

— Vá trabalhar, sem-vergonha!

Raimundo, atendendo a novo apelo do outro, saiu correndo. Mundica visitou-lhe o pensamento. Ela era capaz de estar fazendo o mesmo, lá no Crato. E feliz por saber que já não tinha ciúme nem saudade, apressando o passo, para o companheiro:

— Hoje vai chover, seu Porfírio. Sou capaz de apostar!

A BOINA VERMELHA

As boinas andavam em moda. O tipo da moda amável e conveniente, que vinha resolver o problema das mocinhas pobres de arrabalde, a sonhar com chapéu, sem muitas sobras monetárias para tão grande luxo. Foi assim que, naquele ano, de todos os bairros pobres que despejavam costurcirinhas, cigarreiras, *placeuses* de cinema, caixeirinhas de lojas modestas e estudantes, na Praça da Sé ou no Largo do Correio, um dilúvio de boinas começou a chover na cidade. Vinham boinas dos bairros chiques também. Descera deles a moda, aliás. Material barato, mão de obra facílima, dentro em pouco havia boinas de todas as cores, ao alcance de todos, em todas as lojas e em todas as cabeças, onda igualitária a estandardizar milhares de cabeças vazias. Numas, a gente sentia a longa prática no uso dessas bugigangas sobre o crânio, pequenos objetos de feltro, de pano ou de palha, enfeitados com pássaros, frutas e fitas. Havia uma arte requintada e displicente no jogar ou ajeitar aquela coisa, coroando a toalete. Noutras, a boina era, evidentemente, revolução, conquista social, degrau a mais, subido com festa. E com que festa! Exuberantes, de gestos largos, de risos claros, de olhar vitorioso.

Eu fazia nessa época trinta minutos de bonde pela manhã, rumo ao centro. Começo de linha, via o bonde encher-se, pouco a pouco, de gente correndo, medrosa de chegar tarde. Operários de mão dura, escolares barulhentos, meninas das lojas, muito sangue italiano, muita fala alta. O bonde se enchendo. Uma coisa se usava muito naquele tempo: ceder o lugar às damas. O bonde pejado, pingentes se equilibrando heroicamente na plataforma, em todos os postes de faixa branca a velha caranguejola parava ao gesto ansioso dos pedestres. Os homens se arrumavam logo, fora. E as damas e donzelas ficavam no chão, olhando aflitas para os bancos atulhados, buscando lugar. Havia um ar de desespero nos olhos delas. Teriam que desistir, que esperar outro bonde. Mas nós, os homens daquele tempo, nós, principalmente, daquele bairro pobre, tínhamos o romantismo na alma. E nunca houve dona nem donzela que não encontrasse um cavalheiro capaz de ceder-lhe o lugar, voluntariando-se para todos os riscos e desconfortos da jornada.

Sim, nunca faltavam cavalheiros. Era uma aventura cotidianamente renovada na vida de todas as que moravam mais perto do centro e que, nas horas de atropelo, encontravam sempre o bonde apinhado de povo. O cavalheiro se erguia, sorria, num gesto galante:

— Faça o favor, senhorita...

A gente dizia "senhorita" uniformemente, fossem donas ou donzelas.

Um sorriso, um agradecimento – den! den! – o bonde seguia. A Light havia ganho mais duzentos réis e o universo fora enriquecido com um gesto mais de simpatia humana.

Nós éramos assim, naquele tempo. Nós todos, eu também. Quantas vezes não interrompi a leitura do meu livro ou do meu jornal para um "faça o favor, senhorita" que me exilava para a plataforma também cheia, fazendo acrobacias e prodígios de equilíbrio.

Certa manhã... eu estava sentado na ponta, e ela usava uma boina vermelha.

— Faça o favor, senhorita.

– Obrigada...

Ela entrou sorridente e eu fiquei ao lado, segurando com força o balaústre, não fosse eu desabar no primeiro sacolejão do bonde às soltas, vencendo com fúria rampas e curvas, rua acima.

– Bonita manhã...

Eu não ia falar. Não costumava falar. Não era o meu tipo: conquistador de plataforma. Positivamente não. Eu me especializara em timidez, nessa época. E nem era o tempo que ia elogiar. Devia ser a boina. Mas a criatura estava tão alegre, tão bonita, tão contagiante, tão inaugural, que aquele começo vazio de conversa parecia o prolongamento de uma velha intimidade, longa e serena.

– Linda!

Caí em mim. Que disparate! Que é que eu tinha com a manhã, com a boina, com a garota? E eu já ia me encorujar novamente, querendo achar um jeito de recomeçar a leitura do meu livro, ali mesmo, quando a voz, cantante e macia, continuou:

– Mas garanto que vai chover, hoje de tarde...

– Será?

– Garanto... Dia que começa bonito assim, acaba sempre mal...

– É possível.

E quis me encolher, sem assunto que estava.

– Logo hoje, que eu pus a minha boina nova...

Atentei melhor. Boina modesta, mas graciosa, colocada com um jeitinho atrevido na cabeça loura, de testa branca e benfeita, o vermelho vivo da boina num contraste feliz com o azul-claro dos olhos, olhos de boina nova, de primeira boina, como tantos outros que eu viera observando, no voltar das páginas dos livros que lia, nas últimas semanas.

— Bonita boina...

— Acha?

Por mim a conversa cairia outra vez. Sou um homem sem imaginação verbal. "Acha?" Eu só saberia responder honestamente "sim" e me encolher de novo, à espera de nova pergunta ou de novo solavanco do bonde. Felizmente ela ajudava.

— Comprei ontem. Não foi aqui no Brás, não. Foi na cidade.

— Ah, sim?

A mim não me interessava o lugar da compra, mas evidentemente havia ali um ponto de importância capital para ela. Era a fuga ao bairro pobre, de preços baratos conhecidos de todos. Fiz um esforço de imaginação e acrescentei, animado pelos olhos que me sorriam, nadando em ventura:

— Na cidade devem ser mais bonitas...

— Ah, claro! Aqui no Brás essa gente não tem gosto nenhum, não sabe escolher.

E evidentemente mentindo:

— Chapéu, eu só compro na cidade. É outra coisa, a gente tem onde escolher, não precisa comprar a primeira droga que impingem...

— Lá isso é – disse eu, perdendo o equilíbrio, quase caindo.

— Cuidado! – disse ela, com interesse. – O senhor pode cair. Esses bondes são um horror! É por isso que eu prefiro o ônibus...

Preferia, talvez. Mas com certeza viajava sempre de bonde, que era apenas duzentos réis.

A verdade é que a boina dera-lhe o delírio da altura. Sonhava agora com mundos superiores ao seu.

— Detesto bonde!

— Eu também.

E não sei por que, movido não sei por que estranha mola interior, acrescentei:

— Só ando de bonde quando o meu automóvel encrenca...

— Ah, o senhor tem automóvel?

Atenuei a mentira:

— Eu, não. O velho...

— Ora – disse ela –, se é de seu pai, é seu...

— Bem, isso é verdade – comentei um pouco assustado com a situação que criara, e já querendo mudar de assunto ou descer na primeira parada. Mas era comigo que estava sonhando aquela boina nova. Tenho certeza. Era comigo: um moço simpático, de boa família, com automóvel e respeitador, que quisesse casar. Porque os olhos azuis, tornados repentinamente muito mais lindos, de felicidade, não conseguiam ocultar toda a festa interior pela coincidência: boina comprada na véspera, velhos sonhos estimulados pela boina vermelha, e ali, de cara, mal começava o dia, o príncipe encantado, cujo carro providencialmente enguiçara, obrigado a viajar de bonde como os outros, como o resto do bairro, o Genaro, a Anunciata, o seu Pascoal, cedendo-lhe o lugar e ficando ali junto, falando na manhã bonita e gostando da boina...

— Mas diga a verdade: o senhor gostou mesmo ou disse apenas para ser amável, por galanteio?

Agora ela estava realmente interessada na minha opinião. E, além de tudo, era preciso desviar a atenção do moço que tinha automóvel. Eu havia pousado os olhos nos seios dela, dois poemas de redondez e de frescura. Mas a menina da boina vermelha com certeza devia saber que em cima deles estava um vestidinho modesto, desgastado pelo uso.

— Gosta mesmo?

— Gosto.

Eu estava pensando nos seios, ela estava pensando na boina. Custei a entender.

— Só acho a cor um pouco assanhada, o senhor não acha?

— Acho que lhe vai muito bem.

— Lisonjeiro!

Mas já toda a gente estava descendo. Fim de linha, Largo da Sé. Descemos também, com pena, porque agora começava a chegar assunto.

— Ué! Chegamos! O bonde parece que voou!

Aquela observação me encheu de júbilo. Minha companhia não devia ser inteiramente desagradável.

— Para que lado vai? – perguntei.

Ela respondeu evasivamente:

— Para lá...

E apontou na direção da Praça da República.

Senti que ela não estava com vontade de ser acompanhada até o fim, provavelmente por não querer que lhe conhecesse o lugar modesto onde trabalhava.

— Estou trabalhando numa casa, mas não estou contente. No fim do mês vou deixar o emprego. Mesmo porque meu pai não gosta que eu trabalhe. Diz que não é preciso... Mas eu trabalho por gosto. Sempre serve para encher o tempo. É tão horrível ficar em casa sem ter o que fazer... não acha?

Eu também achava. Também trabalhava só para me distrair.

— Para que lado vai? – indagou ela, com vontade que eu fosse junto, mas com medo.

Fui discreto. Resolvi que devia ficar no começo do Viaduto, precisava descer a Libero Badaró. A solução pareceu excelente. Passou a inquietação dos seus olhos, cujo azul voltara a clarear novamente, já sem sustos, combinando à maravilha com a boinazinha que ela ajeitava com arte, redobrando a graça leve do conjunto.

— Posso acompanhá-la até o Viaduto?

— Ora! Com muito prazer!

E seguimos. Devagarzinho, para fazer render. Parando a todo pretexto. Achando graça em tudo. Se eu tinha visto a última fita do República. Se ela gostava de John Gilbert. Gostava. Eu também. Se ia chover mesmo aquela tarde. Por que seria que na vida era sempre assim, chuva e sol, prazer e desprazer...

— Nunca existe felicidade completa — disse ela com melancolia.

Fiquei melancólico também, achando que era verdade.

Um carro passou, obrigando-nos a parar. Estava ao lado uma vitrina de chapéus e boinas. A boininha vermelha ficou encantada.

— Olhe que belezinha de chapéu! Vou comprar aquele, qualquer dia! Não é lindo?

Era. Falei sobre outros chapéus, achei um deles horrível, ela achou também. Seguimos.

Estávamos, quase sem o ter pressentido, no começo do Viaduto. Havia que dizer adeus.

— Bem, tenho que ficar aqui...

Ela suspirou levemente, sorriu:

— O sol e a chuva...

— Nunca existe felicidade completa — arrisquei eu, quase audacioso.

Tínhamos mãos nas mãos.

— Quando é que nos veremos outra vez? – perguntei.

— Qualquer dia... um dia desses...

— Pode ser amanhã... aqui mesmo?

— Talvez...

— A que horas?

— Eu passo por aqui às seis e meia. Mas não tenho muito tempo. Preciso estar logo em casa. O senhor vem com o seu carro?

Hesitei.

— Venho...

— Está bem. Então, às seis e meia, adeus.

E afastou-se apressada.

Fiquei contemplando o vultozinho que se afastava, num passo alado e airoso, o corpo bem feito e novo, nota leve na manhã bonita. Já ia longe. Eu só via a boininha vermelha, que o ir e vir da gente apressada, rumo ao trabalho, ora ocultava, ora mostrava. Boininha oscilando, boininha graciosa, cada vez mais longe, até que se perdeu. Para sempre. Porque eu não tinha carro para o dia seguinte. Nunca mais a vi. Nunca mais a esqueci, também. Os anos passaram, a vida seguiu, com tanta coisa de permeio entre este momento e aquela boina. Boina, que era mentira nela. Boina que me fez mentir. Sem ela, eu não teria tido um carro enguiçado. Sem ela, eu voltaria no dia seguinte. Mas a boina ficou. E foi melhor assim. Antes a boina...

AS GÊMEAS

— Se eu não fosse o único sobrevivente da história, se já não tivessem corrido tantos anos sobre tudo isso, se eu não contasse com a sua discrição, porque você não sabe o meu nome e amanhã estará longe daqui, e se eu não estivesse bêbedo, eu não contaria o que vou contar...

Eu chegara aquela tarde e partiria na manhã seguinte, rumo a Mato Grosso. O avião descera para reabastecer-se de gasolina. Era tarde. Estávamos com fome. O meu amigo piloto aceitou a ideia do jantar, comoveu-se ante o meu cansaço real, e acabou transferindo para a manhã seguinte a continuação da viagem, rumo à sua fazenda de Campo Grande, para empregar as férias de Semana Santa na contemplação de suas imensas boiadas. Era costume dele usar como contrapeso, nos voos para o sertão, terríveis pela falta de companhia, o primeiro amigo disposto a ver mata virgem das alturas. Dessa vez fora eu o escolhido. E ali estava, à mesa daquela confeitaria, sem interesse, em longa palestra com um desconhecido, irmanados ambos pela cerveja que era um sonho naquela noite de calor incrível.

Nem sei como nos aproximáramos. Sei que fazia tempo, e longo, que se conversava. Tínhamos contado velhas anedotas. Das anedotas caíramos nos casos pessoais, confidências de viajante, que vão pouco a pouco se aprofundando, à medida que os gestos ficam leves, a poder de bebida. Ouvi e contei aventuras. À proporção que nos encervejávamos, as minhas poucas e as muitas dele iam subindo. O homem sabia conversar e tinha vivido, um tipo alerta e bem-falante que, embora tivéssemos falado tanto, não me foi possível situar em profissão nenhuma. Podia ser advogado, engenheiro, fazendeiro, comerciante de café, industrial. Não fez referência nenhuma ao seu meio de vida. Com certeza falava e bebia justamente para esquecer as canseiras cotidianas, para fugir à caceteação do todo-dia...

– E se eu não estivesse bêbedo...

Modéstia. Bêbedo não estava. Apenas alto. Para ele, cinco ou seis cervejas, via-se bem, era café pequeno. Mas já havia transposto as fronteiras da censura pessoal e podia falar. Esperei. A cerveja descia, de copo inteiro, nessa fase gostosa em que a garganta vira *pipeline*. É deixar correr, goela abaixo.

– Isto é confidência, hem? É caso pessoal.

Fiz o ar discreto de quem não vai abusar.

– Mas é curioso. Eu conto apenas pelo interesse psicológico. Imagine o senhor que – isto tem perto de quarenta anos... as minhas distâncias já estão longas, meu caro, eu já vivi... – imagine você que fui casado com uma gêmea. Que ela morreu, já se vão vinte anos... Eu me sinto velho é assim... quando examino os marcos... Casei-me há quarenta, deixei a escola há cinquenta, meu primeiro filho casou-se há 10 anos, estive na Europa, pela primeira vez há 38, não, há 39... É vida, não? É velhice... Isso vai mal, meu caro, isso vai mal...

E pôs goela abaixo novo copo.

– Casei-me no Rio Grande do Sul, em Santa Maria. Você deve conhecer...

Eu era senhor e você, aos acasos da conversa.

— Terra de mulheres bonitas. Mulheres e cavalos. Até hoje não me acostumei com esses cavalinhos crioulos de São Paulo. Resistentes, são. Mas falta *élan*, falta fogo, falta brilho.

Olhou-me fixamente, hesitando.

— Homem... Faz tanto tempo... Ouça a história não como coisa minha. Como coisa impessoal, passada com um terceiro.

Enxugou o suor, que rebentava em bolhas no bigode baixo.

— Casei-me com uma gêmea, como disse a você. Bonita, inteligente, dedicada. Eu estava começando a carreira e achei ótima a ideia do meu futuro cunhado, oficial da cavalaria, que também estava para casar. Alugaríamos casa juntos, passando a viver em comum, nos primeiros tempos. Ideia boa. Grande economia. Éramos bons amigos. Fechou-se a combinação, vieram os casamentos e as duas famílias, na melhor das pazes, passaram a viver sob o mesmo teto. Isso durou alguns anos. Minha mulher era bonita, eu já disse. Natural que a irmã também fosse. Igualzinha a ela. Difícil, mesmo, de diferençar. Somente nós, os maridos, as reconhecíamos. Era frequente que os amigos mais íntimos, até primos e tios, as confundissem. Porque só pequenos tiques, ligeiros detalhes psicológicos e certos imponderáveis que somente um prático da barra consegue fixar, permitiam dizer com segurança quem era Mara, quem era Mira... (Por aí você vê que eu não estou tão bêbedo. Eu usei nomes supostos...) Mara, a minha, Mira, a cunhada. Nossa vida em comum era uma constante pilhéria. Ambas muito alegres, muito divertidas, a casa uma festa permanente. De gênio, eram estupendas. Companheiras para tudo, muito amigas uma da outra. Passeios, piqueniques, teatros (o teatro lá não podia ser muita coisa naquele tempo), festas, bailes, na sociedade incipiente da terra, com fumaças de vida elegante, animada pela oficialidade local, entre a qual havia espíritos admiráveis, que hoje estão por aí, altas patentes, figurões de proa, para tudo nós contávamos com a adesão imediata, entusiástica, das duas irmãs. Nunca houve uma discussão em casa, nunca houve um mal-entendido. Eu saía para o trabalho, meu cunhado para as suas obrigações, e toda a nossa preocupação era voltar logo, porque a paz, a alegria, a tranquilidade nos esperavam. Numa dessas minhas pressas de voltar foi que tudo começou. Eu consegui chegar duas ou três horas mais cedo do que de costume. A casa estava silenciosa. Havia uma sala de estar entre os nossos dois quartos, com um divã, onde muitas vezes ficávamos os quatro palestrando fraternalmente. Entrei. Meia penumbra. As janelas fechadas, por causa do sol, hora da sesta preguiçosa.

"– Maaara!...

"Um vulto se moveu sonolento no divã.

"Ela estava cochilando. Sentei-me a seu lado, pus-me a brincar com os seus cabelos, que eram fartos e macios. Deitei-me também, tomado pela vontade de descansar. Estava um quente gostoso no divã. Pus-me a acariciá-la distraidamente, sentindo o perfume agradável do seu corpo. Beijei-a, conjugalmente. Na penumbra da sala, dormitando sempre, ela mudou de posição, encostou-se ao meu corpo, hálito contra hálito. Dei-lhe um beijo na boca, seus braços me envolveram, o penhoar caseiro a desnudava. Você compreende... Nem há muita razão para entrar em tantos detalhes. Eu estou bêbedo... Posso dizer é que estranhei, confesso que sem malícia, tanto o sono como o beijo dela, que foi muito diferente. Tão diferente e tão forte, que eu me levantei assustado, com uma suspeita salvadora, a ver se não estava cometendo uma profanação. Foi a tempo. Mara voltava da rua, de umas compras, e festejava com alegria o meu regresso mais cedo, lembrando um passeio à quinta de uns amigos, velha promessa minha. Despertou a custo a irmã, que acabou aceitando com júbilo a ideia da visita, e em cujos olhos e modos eu, tranquilizado, não consegui ver o mais ligeiro vislumbre de malícia ou de suspeita. Felizmente ela não havia notado. Tudo se passara durante o seu sono e o beijo que eu lhe dera e recebera fora prolongamento de algum sonho com o próprio marido, com certeza. Foi um alívio, pode estar certo. A ideia de uma traição, a qualquer das partes, nunca me passara pela cabeça e, positivamente, me horrorizava. Mas eu comecei, daí por diante, a notar coisas. Era frequente que eu a tomasse por Mara e que Mara fosse tomada por ela. Mas ambas disputavam, com bom humor, a sua personalidade. Mira, tinha, mesmo, frases típicas. 'Não confunda, ouviu? Não me misture... Eu tenho uma cicatriz no queixo que é um traço inconfundível de personalidade...' Era de fato uma coisa quase imperceptível, um arranhão qualquer na infância, e que ela usava, com muita graça, como argumento supremo de identificação, dando-lhe uma importância exagerada. De outras vezes, saía correndo, apanhava um pequeno cartão, em que escrevera o seu nome, e punha-o no peito, com uma seriedade divertida. Mas desde a tarde no divã comecei a notar que ela não desmentia. Fazia-se distraída. E era eu mesmo quem verificava o engano facilmente. Mas aquilo trouxe muitos contatos inesperados, que nos deixavam numa vaga situação de beira de abismo. Começaram a acontecer outras coisas também. Mira passou a tomar certas liberdades de vestuário, certas demonstrações sem segunda intenção, sem maldade aparente, mas que não eram do outro tempo. Os olhos e as palavras não a traíam. Mas uma grande série de descuidos, de coincidências, de distrações, de nadinhas, me fez verificar que, em certos pormenores, em muitos mesmo, a semelhança de corpo não era tão grande, entre as duas, como a semelhança de fisionomia. Talvez por ser mais esportiva, Mira tinha as pernas melhor torneadas, os seios mais rijos, certas curvas mais suaves. De fato, era mais benfeita. E agora, não sei como, a todo propósito, os acasos da vida de todo dia me revelavam aqueles segredos. Era eu me levantar, Mira saía do quarto, de roupão, para o banho, nada por baixo, o roupão despreocupado, negligente, e ficava por ali, sem razão, num ir e vir de buscar sabonete, de procurar outra toalha, de esquecer o dentifrício, de perguntar se eu dormira bem ou se ia chover. Muitas vezes me perguntava se eu ia trabalhar até tarde. Lembro-me de um fato que me atormentou. Eu contara que voltaria mais cedo. Não demorou, Mira entrou no quarto da irmã. E percebi que estava insistindo para que Mara não se esquecesse da promessa de ir, numa daquelas tardes, à casa de uma amiga qualquer, que estava a terminar o enxoval, e pedira à Mara, exímia bordadeira, que passasse pela casa dela uma tarde, para dar-lhe uns conselhos. Passei a tarde inteira querendo voltar. A imagem de Mira me abrasava. Hesitei muito. Afinal, resolvi cair em tentação. Mas no caminho um amigo me alcançou, pôs-se a contar coisas, brigara com um parente, estavam a ponto de resolver tudo à bala, e eu só muito tarde me desvencilhei das suas confidências. Resultado: cheguei mais tarde do que de costume. Coincidência: Mara tinha passado a tarde em casa da amiga. E Mira não me olhou uma só vez aquela noite, não me dirigiu a palavra, timbrou em desconhecer a minha presença, embora nada, nem na voz nem no olhar nem na palestra desse qualquer outra demonstração de ressentimento.

E estava, sem dúvida nenhuma, aquela noite, mil vezes mais bonita do que a irmã. No dia seguinte tudo se normalizara. Lá veio ela de roupão cada vez mais negligente, contou haver sonhado que estávamos em guerra com a Argentina e descreveu com entusiasmo um ataque a baioneta que me fez ver duas ou três vezes o que eu não precisava e já não podia ver sem perigo. O tempo continuou a passar. Agora era eu quem, a toda hora, a confundia com Mara. Bastava vê-la só para me aproximar, com um 'Maara' trêmulo e hipócrita, abraçando-a pelas costas, passando-lhe a mão pela cintura. Uma vez cheguei a beijar-lhe a orelha, sempre como quem passava de uma sala para outra, sem encará-la, para dar-me e a ela a impressão de que nem percebera o engano. Ela também nunca mais denunciou. Deixava acontecer, numa entrega que me endoidecia. Aquela situação foi se prolongando de maneira trágica. Eu vivia em pleno vulcão. E ela não podia ter ilusões a meu respeito, tenho certeza, porque a insistência dos enganos, o engasgado da minha voz, e uma infinidade de outros detalhes gritavam a minha intenção. Com uma diferença. Nada, em nada e por nada a denunciava como compartilhando dos meus gestos. Tirados o ir e vir de manhã, o entremostrar e tentar de olhos absolutamente inocentes, sua atitude era inteiramente passiva. Sem iniciativa e sem cumplicidade. Eu não sou grande psicólogo. Mas creio que ela queria me convencer de que era a irmã. Eu não sei. Mas até hoje tenho a impressão de que ela procurava se inocentar, perante si mesma, querendo se convencer, como tentava me convencer, de que não era ela, era a irmã..."

Parou um pouco. Me olhou.

– Será que eu estou bêbedo? Não. Não estou. O que eu não sei é me explicar. Mas... mas você compreende, não? Era uma... era uma...

era uma situação infernal. Um dia resolvi não sair. Pretextei doença, fiquei no quarto. Mara saiu para comprar ou encomendar cortinas. Eu fingi que dormia, fiquei no quarto o tempo suficiente para "criar" a situação de que eu "ignorava" a sua ausência. Quando achei oportuno, acordei, fiz barulho no quarto, saí, chamando Mara, com aquela voz que denunciava de longe minha tempestade interior. Mira estava na sala, costurando.

"– Mara, você estava aí?

"Ela não respondeu. Fez-se distraída.

"Recostei-me no divã.

"– Mara, venha conversar comigo, não estou me sentindo bem.

"Ela hesitou um pouco.

"– Venha, Mara.

"Ela ergueu-se, em silêncio, deu dois ou três passos, voltou, arrumou a costura, vacilou, veio para o divã como quem não vinha. Sentou-se como quem não vinha sentar, sem me olhar, disfarçou, ergueu-se, apanhou uma linha no chão.

"Fechei os olhos, para facilitar a situação.

"– Venha conversar comigo, Mara.

"Eu estava de olhos fechados, a sala estava meio escura, ela sentou-se a meu lado, ficou me passando a mão pela testa, porque eu estava doente. Note bem: 'porque eu estava doente'. Ela queria mentir a si mesma, disso eu tenho certeza. Meia hora depois eu estava dormindo, 'para que eu nunca soubesse que Mara tinha saído'. É interessante... Só eu havia falado. Ela estivera todo o tempo silenciosa, apesar de tudo. Mas parece que se estabelecera entre nós um acordo tácito. 'Ambos estávamos enganados'. Ou, pelo menos eu, não sabia que Mira não era

Mara. E assim as coisas continuaram meses ainda, naquela cumplicidade criminosa, naquela comédia infame e covarde..."

Parou. Dessa vez parou, enxugando a testa. Ficou inteiramente alheado.

– Ó japonesinho! Ito! Ito! Venha cá.

Veio o garção.

– Mais duas cervejas. O senhor toma outra, não?

Aceitei.

Vieram as cervejas. Serviu-se. Ficou bebendo em silêncio. Esquecera a vida. Eu, porém, queria saber o resto. Vendo que ele se desinteressava, arrisquei, tímido:

– E... e como terminou toda a história?

Ele pareceu despertar. Fixou em mim os olhos redondos, boiando em cerveja:

– Prosaicamente...

Pelo jeito, não falaria mais. De repente, recomeçou:

– Prosaicamente. O caso estava no auge. Assumira proporções tremendas e, até hoje, não sei como passou despercebido... Um domingo à tarde, minha mulher, com a alegria e espontaneidade que nunca desertara da casa, numa ocasião em que estávamos todos reunidos, tomou um ar sério, solene, e disse:

"– Escute, meu bem. Tenho uma grande denúncia a fazer.

"Todos a olhamos.

"Fez um ar misterioso.

"– Tenho uma denúncia contra o senhor meu cunhado...

"E apontando-o com o dedo:

"– Este mequetrefe, este grande pirata, me deu um beijo hoje cedo, fingindo pensar que eu era a Mira.

"Eu e Mira ficamos petrificados, mas o outro, esportivo e sem malícia:

"— Ora, dona Mara! Isso não se faz! Isso é um segredo que devia ficar entre nós!

"E boas gargalhadas coroaram a pilhéria.

"Mas aí começou novo tormento meu. E se Mara fizesse a mesma coisa? E se ela acabasse me traindo, também, da mesma forma? Não havia nada. Eu sabia que não. Afinal de contas, por efeito do meu próprio caso, eu tinha controle absoluto de todos os passos dados por aquele estranho *ménage à quatre*. Não havia nada. Mas a simples possibilidade, que só agora antevia, me apavorou. E eu acabei arranjando pretexto, desfazendo amavelmente o *ménage* e, com o tempo, transferindo-me para São Paulo. Por sorte, graças à natureza do caso, não foi preciso haver explicações..."

Tornou a beber. Não sei por que, mas parecia-me que ele se arrependera de haver falado. E falou, desta vez pensando alto, consigo mesmo:

— Sim. Nunca houve nada entre os dois. Disso tenho certeza. Eu conheci bem minha mulher. Em todo caso...

E agora para mim, filosófico e superior:

— Era até infame aquele meu receio. Era um insulto. Eu não tinha nem razão para suspeitar. Mas o senhor conhece a vida, sabe que com fogo não se brinca... Sim... e com mulher não se facilita... Muito direita... Muito honesta... Eu sei... Mas por melhor que seja, em mulher, infelizmente, a gente não pode confiar, não acha? É um animal, por definição, hipócrita e falso...

A ARANHA

— Quer assunto para um conto? – perguntou o Eneias, cercando-me no corredor.

Sorri.

— Não, obrigado.

— Mas é um assunto ótimo, verdadeiro, vivido, acontecido, interessantíssimo!

— Não, não é preciso... Fica para outra vez...

— Você está com pressa?

— Muita!

— Bem, de outra vez será. Dá um conto estupendo. E com esta vantagem: aconteceu... É só florear um pouco.

— Está bem... Então... até logo... Tenho que apanhar o elevador...

Quando eu me despedia, surge um terceiro. Prendendo-me à prosa. Desmoralizando-me a pressa.

— Então, o que há de novo?

— Estávamos batendo papo... Eu estava cedendo, de graça, um assunto notável para um conto. Tão bom, que eu até comecei a esboçá-lo, há tempos. Mas conto não é gênero meu – continuou o Eneias, com os olhos muito azuis transbordando de generosidade.

— Sobre o quê? – perguntou o outro.

Eu estava frio. Não havia remédio. Tinha que ouvir, mais uma vez, um assunto.

— Um caso passado. Conheceu o Melo, que foi dono de uma grande torrefação aqui em São Paulo, e tinha uma ou várias fazendas pelo interior?

Pergunta dirigida a mim. Era mais fácil concordar:

— Conheci.

— Pois olhe. Foi com o Melo. Quem contou foi ele. Esse é o maior interesse do fato. Coisa vivida. Batatal. Sem literatura. É só utilizar o material. E acrescentar uns floreios, para encher, ou para dar mais efeito. Eu ouvi a história, dele mesmo, certa noite, em casa do velho. Não sei se você sabe que o Melo é um violonista famoso. Um artista. Tenho conhecido poucos violões tão bem tocados quanto o dele. Só que ele não é profissional nem fez nunca muita questão de aparecer. Deve ter tocado em público poucas vezes. Uma ou duas, até, se não me engano, no Municipal. Mas o homem é um colosso. O filho está aí, confirmando o sangue... fazendo sucesso.

— Bem... eu vou indo... Tenho encontro marcado. Fica a história para outra ocasião. Não leve a mal. Você sabe: eu sou escravo...

— Ora essa! Claro! Até logo.

Palmadinha no ombro dele. Palmadinha no meu. Chamei o elevador.

— É um caso único no gênero — continuou Eneias para o companheiro. O Melo tinha uma fazenda, creio que na Alta Paulista. Passava lá enormes temporadas, sozinho, num casarão desolador. Era um verdadeiro deserto. E como era natural, distração dele era o violão velho de guerra. Hora livre, pinho no braço, dedada nas cordas. No fundo, um romântico, um sentimental. O pinho dele soluça mesmo. Geme de doer. Corta a alma. É contagiante, envolvente, de machucar. Ouvi-o tocar várias vezes. *A madrugada que passou*, o *Luar do sertão*, e tudo quanto é modinha sentida que há por aí tira até lágrima da gente quando o Melo toca...

– Completo! – gritou o ascensorista, de dentro do elevador, que não parou, carregado com gente que vinha do décimo andar, acotovelando-se de fome.

Apertei três ou quatro vezes a campainha, para assegurar o meu direito à viagem seguinte.

O Eneias continuava.

– E não é só modinha... Os clássicos. Música no duro... Ele tira Chopin e até Beethoven. A *Tarantela* de Liszt é qualquer coisa, interpretada pelo Melo... Pois bem... (Isto foi contado por ele, hem? Não estou inventando. Eu passo a coisa como recebi.) Uma noite, sozinho na sala de jantar, o Melo puxou o violão, meio triste, e começou a tocar. Tocou sei lá o quê. Qualquer coisa. Sei que era uma toada melancólica. Acho que havia luar, ele não disse. Mas quem fizer o conto pode pôr luar. Carregando, mesmo. Sempre dá mais efeito. Dá ambiente.

O elevador abriu-se. Quis entrar.

– Sobe!

Recuei.

– Você sabe: nessa história de literatura, o que dá vida é o enchimento, a paisagem. Um tostão de lua, duzentão de palmeira, quatrocentos de vento sibilando na copa das árvores, é barato e agrada sempre... De modo que quem fizer o conto deve botar um pouco de tudo isso. Eu dou só o esqueleto. Quem quiser que aproveite... O Melo estava tocando. Luz, isso ele contou, fraca. Produzida na própria fazenda. Você conhece essa iluminação de motor. Pisca-pisca. Luz alaranjada.

— A luz alaranjada não é do motor, é do...

— Bem, isso não vem ao caso... Luz vagabunda. Fraquinha...

— Desce!

Dois sujeitos, que esperavam também, precipitaram-se para o elevador.

— Completo!

— O Melo estava tocando... Inteiramente longe da vida. De repente, olhou para o chão. Poucos passos adiante, enorme, cabeluda, uma aranha caranguejeira. Ele sentiu um arrepio. Era um bicho horrível. Parou o violão, para dar um golpe na bruta. Mal parou, porém, a aranha, com uma rapidez incrível, fugiu, penetrando numa frincha da parede, entre o rodapé e o soalho. O Melo ficou frio de horror. Nunca tinha visto aranha tão grande, tão monstruosa. Encostou o violão. Procurou um pau, para maior garantia, e ficou esperando. Nada. A bicha não saía. Armou-se de coragem. Aproximou-se da parede, meio de lado, começou a bater na entrada da fresta, para ver se atraía a bichona. Era preciso matá-la. Mas a danada era sabida. Não saiu. Esperou ainda uns quinze minutos. Como não vinha mesmo, voltou para a rede, pôs-se a tocar outra vez a mesma toada triste. Não demorou, a pernona cabeluda da aranha apontou na frincha...

O elevador abriu-se com violência, despejando três ou quatro passageiros, fechou-se outra vez, subiu.

O Eneias continuava.

— Apareceu a pernona, a bruta foi chegando. Veio vindo. O Melo parou o violão, para novo golpe. Mas a aranha, depois de uma ligeira hesitação, antes que o homem se aproximasse, afundou outra vez no buraco. "Ora essa!" Ele ficou intrigado. Esperou mais um pouco, recomeçou a tocar. E quatro ou cinco minutos depois, a cena se repetiu. Timidamente, devagarzinho, a aranha apontou, foi saindo da fresta. Avançava lentamente, como fascinada. Apesar de enorme e cabeluda, tinha um ar pacífico, familiar. O Melo teve uma ideia. "Será por causa da música?" Parou, espreitou. A aranha avançara uns dois palmos...

— Desce!

— Eu vou na outra viagem.

— Dito e feito... — continuou o Eneias. — A bicha ficou titubeante, como tonta. Depois, moveu-se lentamente, indo se esconder outra vez. Quando ele recomeçou a tocar, já foi com intuito de experiência. Para ver se ela voltava. E voltou. No duro. Três ou quatro vezes parou, três ou quatro vezes recomeçou, e de todas as vezes a cena se repetiu. A aranha vinha, a aranha voltava. Três ou mais vezes. Até que ele resolveu ir dormir, não sei com que estranha coragem, porque um sujeito saber que tem dentro de casa um bicho desses, venenoso e agressivo, sem procurar liquidá-lo, é preciso ter sangue! No dia seguinte, passou o dia inteiro excitadíssimo. Isto, sim, dava um capítulo formidável. Naquela angústia, naquela preocupação. "Será que a aranha volta? Não seria tudo pura coincidência?" Ele estava ocupadíssimo com a colheita. Só à noite voltaria para o casarão da fazenda. Teve que almoçar com os colonos, no cafezal. Andou a cavalo o dia inteiro. E sempre pensando na aranha. O sujeito que fizer o conto pode tecer uma porção de coisas em torno dessa expectativa. À noite, quando se viu livre, voltou para casa. Jantou às pressas. Foi correndo buscar o violão. Estava nervoso. "Será que a bicha vem?" Nem por sombras pensou no perigo que havia em ter em casa um animal daqueles. Queria saber se "ela" voltava. Começou a tocar como quem se apresenta em público pela primeira vez.

Coração batendo. Tocou. O olho na fresta. Qual não foi a alegria dele quando, quinze ou vinte minutos depois, como um viajante que avista terra, depois de uma longa viagem, percebeu que era ela... o pernão cabeludo, o vulto escuro no canto mal iluminado.

— (Desce!

— Sobe!

— Desce!

— Sobe!)

— A aranha surgiu de todo. O mesmo jeito estonteado, hesitante, o mesmo ar arrastado. Parou a meia distância. Estava escutando. Evidentemente, estava. Aí, ele quis completar a experiência. Deixou de tocar. E como na véspera, quando o silêncio se prolongou, a caranguejeira começou a se mover pouco a pouco, como quem se desencanta, para se esconder novamente. É escusado dizer que a cena se repetiu nesse mesmo ritmo uma porção de vezes. E para encurtar a história, a aranha ficou famosa. O Melo passou o caso adiante. Começou a vir gente da vizinhança para ver a aranha amiga da música. Todas as noites era aquela romaria. Amigos, empregados, o administrador, gente da cidade, todos queriam conhecer a cabeluda fã do *Luar do sertão* e de outras modinhas. E até de música boa... Chopin... Eu não sei qual é... Mas havia um noturno de Chopin que era infalível. Mesmo depois de acabado, ela ainda ficava como que amolentada, ouvindo ainda. E tinha uma predileção especial pela *Gavota* de Tárrega, que o Melo tocava todas as noites. Havia ocasiões em que custava a aparecer. Mas era só tocar a *Gavota*, ela surgia. O curioso é que o Melo se tomou de amores pela aranha. Ficou sendo a distração, a companheira. Era Ela, com E grande. Chegou até a pôr-lhe nome, não me lembro qual. E ele conta que, desde então, não sentiu mais a solidão incrível da fazenda. Os dois se compreendiam, se irmanavam. Ele sentia quais as músicas que mais tocavam a sensibilidade "dela"... E insistia nessas, para agradar a inesperada companheira de noitadas. Chegou mesmo a dizer que, após dois ou três meses daquela comunhão – o caso já não despertava interesse, os amigos já haviam desertado – ele começava a pensar, com pena, que tinha de voltar para São Paulo. Como ficaria acoitada? Que seria dela, sem o seu violão? Como abandonar uma companheira tão fiel? Sim, porque trazê-la para São Paulo, isso não seria fácil!... Pois bem, uma noite, apareceu um camarada de fora, que não sabia da história. Creio que um viajante, um representante qualquer de uma casa comissária de Santos. Hospedou-se na casa. Cheio de prosa, de novidades. Os dois ficaram conversando longamente, inesperada palestra de cidade naqueles fundos de sertão. Negócios, safras, cotações, mexericos. Às tantas, esquecido até da velha amiga, o Melo tomou do violão, velho hábito que era um prolongamento de sua vida. Começou a tocar, distraído. Não se lembrou de avisar o amigo. A aranha cotidiana apareceu. O amigo escutava. De repente, seus olhos a viram. Arrepiou-se de espanto. E, num salto violento, sem perceber o grito desesperado com que o procurava deter o hospedeiro, caiu sobre a aranha, esmagando-a com o sapatão cheio de lama. O Melo soltou um grito de dor. O rapaz olhou-o. Sem compreender, comentou:

"– Que perigo, hem?

"O outro não respondeu logo. Estava pálido, uma angústia mortal nos olhos.

"– E justamente quando eu tocava a *Gavota*, de Tárrega, a que ela preferia, coitadinha...

"– Mas o que há? Eu não compreendo..."

– E vocês não imaginam o desapontamento, a humilhação com que ele ouviu toda essa história que eu contei agora...

– Desce!

Desci.

CHARLES BOYER NA VIDA DE UM HOMEM

— Você não é amigo de tragédias? Pois eu tenho uma à sua disposição: a minha.

E como eu sorrisse:

— No duro... Tragédia autêntica!

— Já sei. Falta de dinheiro. Até você é capaz de sofrer disso... Todas as tragédias neste mundo cifram-se na falta de dinheiro. A gente pensa que está sofrendo do fígado. No fundo, é falta de dinheiro para alimentação adequada ou remédio. A gente pensa que é *spleen*, é prontidão. Pensa que está revoltado contra as injustiças sociais. Bem pensado, a injustiça é apenas contra a gente, que está pronta. Pensa que sofre de amor. Ilusão. Se a gente tivesse a grana, encontraria logo outro amor, ou conseguiria o desejado, que sem dinheiro seria impossível. Nós costumamos usar o amor infeliz, a paixão recolhida, a mulher inatingível, como derivativo, como pseudônimo de prontidão. Mais nada. Tenha o dinheiro e adeus fígado, *spleen*, estômago, amor não correspondido, classe proletária...

— Subparadoxo de subúrbio, meu caro. E os ricos que sofrem de tudo isso?

— Aí o caso é outro: burrice.

E ficamos pensando, com preguiça de tudo. Meu amigo já havia desaparecido da minha memória cansada. Aquele uísque ia fazer-me o mesmo mal que a falta de dinheiro: esbandalhar-me o fígado. E naturalmente porque me faltava dinheiro para repetir a dose, eu sentia uma vaga tristeza que se corporizava numa necessidade vadia de amor, num descontentamento esgarçado e sem fixação, numa longa melancolia sem causa maior.

— É uma tragédia, a minha...

Encarei-lhe a bela testa máscula, vi-lhe a linda gravata que pagaria várias rodadas, o jaquetão que poderia importar uma caixa de comovente *Old Parr* e uma pérola na gravata que pagaria uma viagem de aeroplano ao Paraguai para beber, em casa de certo plantador de Vila Bela ou de Curupaiti, não me lembro agora, a mais divina *caña* destes mundos. E tudo isso contra o meu fígado: todo aquele para-beber e todo aquele não-beber. Como o seria todo aquele beber.

— Tragédia... Tragédia...

Olhei-o, com preguiça de ouvir a confidência. Ela vinha, na certa. Quando eles sabem que a gente escreve umas coisas, toda gente quer ser assunto.

— Você vai pedir outro?

— Claro! Claro!

— Então conte...

Ele chamou o garção. O uísque veio.

— Há coisas na vida de um homem... — disse eu, para encorajar.

— Há coisas na vida de um homem — disse ele — que só quem está vivendo pode aquilatar... Imagine você...

Não sabia começar. Devia ser a primeira vez que desabafava. Ficou tamborilando com os dedos na mesa. Uísque ralo. Água impura de torneira. Eu estava triste. O homem também. Deu uma vontade em nós dois de falar da nossa tristeza. Ele estava pagando e tinha direito. Falou.

— A minha desgraça é o amor.

Eu ri.

— Batata...

— Acredito...

E depois de um silêncio longo:

— Eu era um homem normal. Um homem como os outros. Tive boa educação, viajei, tive as minhas aventuras. Nem mais nem menos do que os outros. Talvez um pouco mais do que os outros, os que não têm dinheiro, de acordo com a sua teoria. Mas tudo direitinho. Flertes, amantes, conquistas, fracassos, como você ou como qualquer outro. Mas de repente comecei a fazer sensação... O termo é esse: sensação. Passei a ser tiro e baque. Mulher começou a chover. Era uma sorte incrível. Eu ia pela rua, via os olhares femininos se concentrando em mim. Antes, era raro ou era normal. Olhavam. Não olhavam. Gostavam. Não gostavam. Era fácil. Não era. Como os outros. Mas de um certo momento em diante eu virei perigo... Criaturas que me haviam olhado toda a vida com indiferença ou com mera camaradagem, atiravam-se agora para o meu lado como um homem que despencava de um aeroplano. Brrrru... Aquilo caía em cima de mim. Desabava. Eu tinha a impressão de desabamentos coletivos, epidêmicos. Não ria. É esse o termo. Era essa a minha espantada sensação. Eu virara repentinamente, sem saber como, um Don Juan irresistível. Ir a um baile, a uma recepção, era imantar todos os olhares, atrair atenções e sorrisos. Estava um homem fatal. Mas daqueles! Meu telefone, no escritório ou no apartamento, soava dia e noite. Mulheres que me queriam, mulheres que se ofereciam, mulheres chorando, mulheres beijando, do outro extremo da linha, o bocal do telefone. Uma roda-viva. Bem gostosa, por sinal. Mas tudo aquilo inexplicável. É escusado dizer que eu fiquei vaidoso e feliz. É sempre agradável ser o querido das gentes... Você quer outro uísque?

– Quero.

– Garção. Mais dois. É sempre agradável – continuou. – E eu ficava muitas vezes diante do espelho, procurando explicar o mistério. No meu rosto, nada de novo. A mesma fisionomia de sempre, um pouco mais cansada, talvez. Talvez aquela vaga expressão de cansaço fosse o *it*, pensei eu. E como não dava conta de todas, e era forçado a repelir ou selecionar, essa atitude, juntada à minha fama de conquistador que ganhara mundo, tornava-me ainda mais fatal e disputado. Aliás, a minha fama de conquistador não me ficava bem...

– Modéstia...

– Conquistador, não. Eu era conquistado... Não vá dizer que é convencimento... Era fato. Eu não tinha tempo de conquistar. Elas vinham antes. Antes de eu ir chegavam elas. Aos bandos. Na rua, nos bondes, nos ônibus, nas festas. Algumas quase se atiravam debaixo do meu automóvel. E eu sempre feliz e sem compreender. Até que um dia encontrei a chave. Eu estava beijando uma boca. A dona estremecia. De repente, ela se desprendeu e acariciou-me a testa: – "Ah! meu Charles Boyer!"

– É fato! – disse eu. – Você é o retrato dele! Não tinha notado.

– Nem eu... Foi um choque. Corri ao espelho. Lá estava ele. Ele direitinho, a testa larga, o jeito inteligente (o jeito eu tenho...) o olhar, a boca, a altura, o corpo... E até a voz, já notou?

— É verdade... Até a voz...

— Para você ver... Era ele... Era ele que elas amavam... Eu era um simples fantasma. O fantasma do outro. Só então compreendi os olhares e os cochichos da rua, aquela atração fácil, aquela sedução irresistível. Ele trabalhara por mim, lá de longe. Abrira o caminho, os corações, as portas. Era só entrar... E eu ia entrando de barriga, pensando que quem entrava era eu... Outras mulheres confirmaram logo a minha descoberta. E aquilo era o elogio maior que elas tinham para mim. Lembro-me de uma que, ao nos encontrarmos na Mappin, foi logo dizendo: – "Hoje você está direitinho como o Charles Boyer no *Mayerling*". Outras me achavam parecido em ele no *Jardim de Allah*, ou no *Felicidade*. Uma delas me acha o retratinho dele como Napoleão... Chego até a me espantar de como me iludi tanto tempo, de como conseguiram elas me iludir tanto tempo, sem deixar transparecer que não era eu...

Parou, bebeu lentamente o copo d'água tingido de uísque.

— Você pode imaginar o meu desapontamento, o meu desencanto. Foi um traumatismo dos maiores da minha vida. Um choque tremendo. Um abalo incrível. Você compreende. A revelação me esmagava. Todo o castelo que eu erguera vinha abaixo. Todo o "eu" que eu imaginara não existia. Eu vivia apenas em função de um homem ao longe, amado em função de outro homem. Eu beijava, mas não estava sendo beijado. Era ele. Eu amava, o outro possuía. Um horror. Uma vergonha. Felizmente eu adaptei-me logo. Fiquei cínico. E em vez de me retirar, de me afastar, de dar um tiro na cabeça, aceitei serenamente a situação, conformei-me com o meu papel de representante. E o que fazia antes sem querer, tratei de fazer com sabedoria. Racionalizei a minha parecença. Passei a frequentar-lhe as fitas, comecei a imitar-lhe as maneiras e o guarda-roupa. Inteligência, meu caro... Mas aí é que veio a tragédia...

— Ele passou da moda...

— Não. Ele continua em plena voga. "Nós"... Mas apareceu uma... Uma que eu amei de verdade... Uma que me enlouqueceu de paixão. Uma que não me quer... Esse é o meu horror, a minha tragédia, a minha grande desgraça...

— Essa quer o autêntico...

— Não. Essa prefere o Bing Crosby, um rapazinho que há lá nas Perdizes. Até cantor é ele...

OMELETE EM BOMBAIM

O trem bufou, entre cansado e contente, diminuindo a marcha. Deixei para um lado a revista, levantei-me, estirando os músculos. Alto da Serra. Sanduíche e café. Ou maçãs. Ganhei a plataforma, empurrado por gente com pressa, "fim de semana" de pequenos empregados, castigo de nervos para velhos jogadores, ainda esperançosos de arrebentar os cassinos do Gonzaga ou da Ilha Porchat. Uma criança passa-me por entre as pernas, com o salto imprevisto que dou, ao surpreendê-la quase embaixo de mim.

— Vem cá, Zequinha!

Aplicam-lhe uma palmada injusta, que o garoto não sente, já de olhos arregalados num baleiro. Mocinhas alvoroçadas que vão ver o mar compram revistas de cinema e de rádio.

— Olha o Orlando Silva como ficou ótimo! Que amor de voz, não?

Um homem que vinha quase a correr, cavaleiro andante a equilibrar uma xícara de café para a bem-amada, dá-me um encontrão, o café se perde, peço desculpas, ele pede também, sorrimos com esse ar superior dos homens civilizados que às vezes vão no sábado a Santos. Um outro come tranquilo o seu sanduíche de queijo, com o ar e a roupa de quem não almoçou antes do embarque. Não tivera tempo, era muito caro o restaurante do trem. Chego ao café. Está apinhado. Vinte a trinta passageiros se abalroam junto ao balcão, gritando, pedindo sanduíches ou fatias de pão de ló (feitos com o Fermento Rochedo são muito mais saborosos e tenros). Há braços estendidos, já com a mercadoria na mão: tabletes de chocolate, maçãs, pacotinhos de balas.

— Cobra aqui um chocolate.

— Moço, me dá o troco depressa, que eu não tenho tempo.

Procuro uma brecha.

— Café!

Ninguém me atende, muitos me empurram.

— Ué! Você por aqui?

Era fato. Eu por ali...

O meu amigo é sagaz:

— Vai a Santos?

Confirmo.

— Descansando...

— É verdade...

Ele tem opiniões formadas:

— Não há nada como uma fugazinha de vez em quando...

Coincidência: tenho igual opinião. Concordo, estendendo o níquel para o garção que naufraga entre aquela multidão de gente inquieta:

— Como é: vem ou não vem?

Felizmente vem. Sou gentil.

— É servido?

O meu amigo já tomou, muito obrigado. E tem um sogro, que me quer apresentar, entre aquela barafunda de povo.

— Já se conhecem?

Não. Muito prazer da minha parte. Muito prazer da parte dele. Que por sua vez tem um amigo.

— Muito prazer...

– Muito prazer...

Um braço me derrama o café.

– Essa gente é muito estúpida – afirma o sogro.

– Aqui no Brasil é sempre assim – garante-lhe o amigo.

Eu também acho, pago e saio.

– Então, muito prazer... Até outra vista...

– Já vai para o carro?

É curioso... Vou. Eles são amáveis, vêm comigo. O sogro está encantado com o tempo.

– Lembra aquela tarde em Paris...

– Você sabe? – diz-lhe o companheiro. – Nem de propósito: eu ia dizer a mesma coisa... Exatamente a mesma coisa...

O meu amigo recém-casado – fora dois meses antes – conta-me pressuroso:

– Meu sogro já viveu em Paris.

A notícia me encanta:

– Ah! Sim?

Ele sorri triunfante:

– Cinco vezes!

E com um *fair play* tocante:

– Mas o Telmo esteve sete...

Telmo, que é elegante e leal:

– Sete, mas, somando o tempo de permanência, dá mais ou menos a mesma coisa...

Meu amigo recém-casado – a senhora dele está lá no carro, ele gostaria de me apresentar – sorri satisfeito. Está contente com o sogro. O pai da senhora dele é muito viajado...

Faço menção de um novo até logo.

— Em que carro está?

No 5. Eles estão no 7. O meu amigo insiste. Eu gostaria de conhecer a senhora dele?

— Ora... Encantado!

Ela, por sua vez, é encantadora. Já me conhecia muito de nome. O José falava sempre...

— Muito amável...

Não, estava enganado... Não era amabilidade. O meu amigo nunca poderia esquecer os bons tempos que passáramos juntos.

— Você não se lembra daquelas noitadas no Café Acadêmico?

Eu me lembro.

— Bons tempos aqueles...

Eu também acho.

— Café interessante era o Tortoni, diz o amigo do sogro.

O sogro sorri, sumamente *globe-trotter*.

— O de Paris ou o de Buenos Aires?

O dr. Telmo — era doutor e Telmo — acha graça:

— Ora... Qualquer dos dois...

E observa, com conhecimento de causa:

— Como o mundo é pequeno, como os nomes se repetem: quando me falam no Café de la Paix, eu sempre me pergunto: o de Paris ou o de Nova York, perto do Central Park? Sabe quantas Main Streets há nos Estados Unidos?

O pai da senhora do meu amigo está de veia e todos nós rimos com gosto:

— Ou quantas ruas 15 de Novembro há no Brasil?

Já atravessamos dois ou três túneis, há grotões soberbos à direita e à esquerda, a Serra do Mar é majestosa, todos nós pendemos dos lábios do dr. Salgado. (Salgado era o sogro, Salgado era doutor.)

— Não há cidade do Brasil que não tenha um Largo da Matriz...

— Nem rua em Cape Town...

— Bilhete, faz favor?

O dr. Telmo esquece Cape Town e abrange o mundo inteiro numa só piada:

— Nem existe trem nenhum sobre a face da terra onde não venha um cacete com a mesma pergunta: "bilhete, faz favor?".

O próprio condutor acha graça. Principalmente quando o meu amigo, já integrado na família, exclama, para encanto da senhora dele e de todos nós, condutor inclusive:

— A pergunta é a mesma, só variam as línguas... Na China deve ser bem mais esquisito...

O dr. Salgado fez um gesto de quem manda esperar (aliás, estamos atravessando um novo túnel).

— Esperem... Deixem ver se me lembro... To... to... ka... Eu sabia... Era até engraçado... Você não se lembra, Telmo?

O dr. Telmo faz um esforço:

To... to... Homem... era uma bobagem qualquer! Chinês não fala língua de gente. Que povo, não, Salgado?

— É mesmo — confirma o dr. Salgado, reconstituindo, com um simples agitar de cabeça, vários mil anos de história, quatrocentos milhões de almas em agitação.

— Um povo gozadíssimo! — resume o dr. Telmo.

— Gozadíssimo! — ecoa o pai da senhora do meu amigo, acrescentando:

— Estive na China três vezes... Conheço bem aquilo. Se conheço!

E para mim:

— Já esteve lá?

— Não.

— Ah! mas não deixe de ir! A China é um país formidável... for--mi-dá-vel! Não acha, Telmo?

— Ah! sem dúvida! Um dos mais interessantes do mundo! Você se lembra daquele nosso pifão em Xangai?

E os dois amigos começam a rir, à evocação dos acidentes que teriam atravessado, com um riso tão geográfico e tão comunicativo que nós outros, apenas com destino a Santos (já estamos quase em Cubatão) rimos também, imaginando o dr. Telmo, tão formal, e o dr. Salgado, tão grave, cambaleando pelas ruas...

— Foi na Concessão Internacional ou no bairro chinês? – pergunta o meu amigo José.

— Quase no limite entre os dois – diz o dr. Salgado. — Por sinal que um guarda aduaneiro quis até nos prender...

— Foi uma luta para explicar que éramos brasileiros, que não éramos qualquer vagabundo... – aparteia o dr. Telmo.

Penso no meu carro, onde ficaram livros, malas e revistas. Vou outra vez ter muito prazer em haver conhecido, até-logar. Mas ambos estão começando um saboroso *smorgasbord*, imaginem onde... em Harbin, na fronteira russo-chinesa.

— Estava delicioso, não estava?

— Fabuloso! – diz o dr. Telmo. – Aliás, nos Estados Unidos comem-se *smorgasbord* notáveis... Lembra-se daquele restaurante sueco, à entrada de Jersey City, de volta para Nova York?

— É verdade! Que restaurante pitoresco.

— Mas para se comer bem, mesmo, é preciso ir à Suécia...

— Ah! claro... É como o vatapá... Vatapá, só na Bahia. É verdade que uma vez, em Roma, a embaixatriz do Brasil nos ofereceu um que era notabilíssimo!

Mas o dr. Salgado não quer sair da Suécia. País lindo. Mulheres lindas. Nudismo. Ausência de preconceitos.

— Eu conheço a Suécia inteirinha. Não sou desses que ficam só na capital.

— Ah! eu também não! Gosto de fuçar, de virar, de mexer. Estivemos – não se lembra? – em Gotemburgo, em Halmstad, em Östersund...

— Em Gävle...

— Sim, em Gävle... em Vänersborg, em Suomussalmi...

— Não, Suomussalmi é na Finlândia...

— Ah! tem razão... Por sinal que lá você apanhou uma indigestão louca! Mas estivemos em Malmö, em Falun...

E ambos percorrem, com uma precisão de indicador ferroviário, o país do aço e do ferro.

O trem corre na baixada (ninguém teria batido a minha revista?), Santos se aproxima. Rápidas paradas. O dr. Salgado já fez cinco voltas à terra, (cidade chata, Caracas!) três com o dr. Telmo, que fez uma sozinho – sozinho, propriamente, não, em companhia de uma adorável *midinette* (coisas da mocidade, o sr. compreende...). Eu compreendo e pouso, distraidamente, os olhos numa das malas. Etiquetas ilustres, rasgadas, vividas. Dos Alpes Suíços, dos Alpes Italianos, de Boston, de Teerã, de Breslau, de Joanesburgo.

— Que comida horrível a daquele hotel em Joanesburgo... Eu cheguei até a falar com o gerente... Aquilo não era coisa que se servisse a turistas...

Uma vergonha... Não é que eu seja exigente demais, mas – que diabo! – a gente, quando paga, quer ser bem servido... Para isso a gente paga... E o gerente foi o primeiro a concordar... pediu até muitas desculpas...

– Sim, porque o café era uma zurrapa... Aquilo nunca foi café! Eu expliquei: eu sou brasileiro, eu sei o que é café... Isto é uma vergonha. E não era só o café... Tudo era droga. Você se lembra da omelete?

O dr. Salgado ainda sente engulhos. Mas em matéria de omelete, uma coisa tão simples, que qualquer cozinheira faz – é só bater bem os ovos, botar na frigideira – ele nunca vira coisa pior do que aquela de Bombaim...

Telmo confirma.

– É fato! O senhor nem faz ideia... Imagine o senhor...

Mas o trem parou. Agora, sim, adeus para sempre.

– Pois muito prazer...

– Oh! o prazer foi todo meu.

Estou de saída.

– Mas aceite o meu conselho, meu amigo. Não deixe de visitar a China...

Prometo, apressado, ir na primeira ocasião.

– Agora eu lhe digo uma coisa, acrescenta o dr. Telmo: – Se passar pela Índia, não encomende omelete... Hindu não sabe fazer omelete... É esquisito, não sei por que, mas não há país do mundo em que as omeletes sejam mais infames!

Corro para o n.º 5. O carro já está vazio. Lá estão as minhas coisas: a capa, as revistas, dois ou três volumes, a maleta modesta, com etiquetas do Rio e de Santos. Mas eu já sei: em Bombaim, nada de omeletes!

O SOL-DA-MEIA-NOITE

Eu havia sido transferido para novo território, como se chamavam, em gíria de companhia americana, as zonas de vendas distribuídas entre os inspetores. Desta vez, o da Noroeste. Quatro anos, já, naquele negócio de lâmpadas, com o qual, para usar ainda a gíria a que nós brasileiros nos habituáramos, eu estava *thru*. De fato, estava cheio daquele ofício. Percorrera durante um ano a Paraíba e o Rio Grande do Norte, mostrando a superioridade das nossas lâmpadas sobre as japonesas, que nos disputavam o mercado pela força do preço. Organizara no interior da Bahia uma convenção de revendedores, por iniciativa minha, mostrando que as nossas lâmpadas, embora ligeiramente mais caras, ficavam muito mais em conta que aquelas lampadinhas sem marca, irregulares e sem uniformidade, que se diziam de 35 *watts* e eram de 25 ou de 50, e que consumiam energia com mais fúria do que um fogareiro elétrico. Todos os discursos de venda eu tinha de cor. E eu conseguia dar um tal tom de convicção às palavras, aliás fundamentadas, que a minha ascensão na companhia se firmara de maneira impressionante. Minha transferência para o território da Noroeste era bem indício dessa afirmação. A Noroeste era para nós um mercado difícil. Densos núcleos de colonização japonesa, imensos estabelecimentos comerciais de gente amarelinha e de olhos em traço, espalhavam, como cogumelos, aqueles subprodutos, tormento dos meus chefes. Missão difícil. Eu tinha que atacar o inimigo no seu reduto e começara espetacularmente o trabalho, colocando uma grosa de lâmpadas, pagas à vista, com um forte comerciante japonês, ainda aquela manhã, mal deixara o trem da Sorocabana e iniciara as visitas. Lembro-me de que, ao passar pela porta do homem, para mim um desconhecido, tive a inspiração de, por pura pilhéria, fazer a tentativa. Está claro que não usei, com ele, a conversa de venda costumeira. O caso era outro. Mas a manhã estava leve, e eu tinha tão pouca esperança de vender, que a minha displicência pareceu cair, em cheio, no goto do homenzinho que – chim chinhô, chim chinhô – foi assinando o cheque. Muito mais difícil fora a minha tarefa com outros revendedores nacionais, italianos ou lusos. Ainda assim, fora um dia cheio.

Mas o dia passara. Bauru tem vida. Tem pitoresco. Tem progresso. Gostei da estação, achei os cinemas bonitos, andei admirando alguns prédios, as confeitarias bem-arrumadas, os engraxates festivos, gratos pela poeira bravia que lhes multiplicava a clientela.

Depois veio a noite. Fui ver o Charles Boyer, para encher a primeira parte. E tomava um *Ginger ale*, desanimado com a perspectiva de ir para o hotel, naquela noite em que o calor não me deixaria dormir, quando um dos meus clientes da manhã, rapaz baiano que fazia fortuna com rádios e aparelhos elétricos, me apareceu sorridente, espantado com o meu recolhimento e a minha sobriedade.

— Já vai dormir?

— À falta de coisa melhor...

— Não. Venha daí. Vamos ao cabaré...

Eu tinha horror a cabarés. Principalmente a cabaré de interior, eu, que percorri todo o sertão do Brasil, solteirão, e que acabei com uma idiossincrasia incurável por essa forma de diversão em que pequenos filhos-família, com pretensões a pervertidos, vão beber cerveja em copos com o mesmo ar trágico e desvairado com que os bironianos de cem anos atrás bebiam absinto em crânios reluzentes.

Mas, com muito calor, havia que encher a noite. E lá fomos. Era um casarão tendo à entrada um jardim. No lanço esquerdo ficava o salão, onde um tango repetia uma história qualquer de amante abandonado que esperava no sopé da escada que um dia a morocha desabasse, na queda final, desamparada e corroída pelas enfermidades, para o seu dramático perdão.

Entrei. Muita luz. O vinco profissional fez-me notar, no teto, que os globos das lâmpadas eram de formatos e marcas diversas, o que era deselegante, como conjunto, e chocante, para mim, que só vira um dos globos por mim com tanto ardor colocados.

Garanto que eles só usam lâmpadas inferiores, pensei eu.

E minha inferioridade me envergonhou. A profissão estava deformando, positivamente, a minha visão da vida. Eu devia ter visto outra coisa. Poderia, por exemplo, ter posto reparo, e com que divertida delícia, na curiosidade com que nos olhavam aquelas vinte ou trinta mulheres em vestidos de noite, prodígios de mau gosto e de pretensão.

Escolhemos mesa. Havia um homem para cada três mulheres, no máximo. Alguns pares rodavam pela sala, com o ar grave com que se baila nos *bas-fonds* de Buenos Aires, compenetrados e sonolentos.

– Aquele ali é um boiadeiro riquíssimo – informou-me o cicerone.

Devia ser. Venturoso e gordo, o homem tinha quatro mulheres à mesa e acariciava as curvas de uma quinta dama de seios opulentos, muito branca, com parte do capital empatado em dentes de ouro, e que se vinha candidatar a uma cerveja ou uísque, interessada na comissão da casa. Ela era toda oferta, no amplo vestido de lamê antigo e desgastado, que lhe deixava o colo e as costas nuas, o colo branco e as costas marcadas de excrescências vermelhas.

O boiadeiro relutava. Mais pelo gosto de se ver requestado do que pelo receio de gastar. As quatro damas já instaladas guardavam uma atitude fria de desconhecimento, ante a impudência da concorrente, cujos dentes fulguravam ao clarão das luzes (mil *watts* cada uma?). Afastei com raiva aquela deformação profissional. Concentrei-me na mulher. E foi um erro. Ela notou e julgou ver, no cliente desconhecido, um possível coronel. Despediu-se à pressa do boiadeiro, que já ia encomendar bebida, sorriu-me com centenas de mil-réis de ouro maciço na boca, fingiu dar uma volta pelo salão, onde um samba assanhava os pares, e veio fechada para mim.

— Então, querido, como vai?

— Mal.

— Por quê?

— À toa.

— Muito calor?

— Muito.

— Não é de Bauru?

— Não.

— Está gostando?

— Estou.

— Eu não gosto...

— Ah!

— Paga uma cerveja?

— Não.

Foi tão rápido, tão cretino e tão inesperado o diálogo, que a mulher bambeou transtornada, deu dois ou três passos incertos, foi oferecer de novo as curvas fáceis ao boiadeiro, reiniciando a batalha interrompida pelo tíquete precioso da comissão.

Meu companheiro riu deliciado.

– Bem se vê que você não está vendendo lâmpadas...

Interroguei-o com os olhos.

– Quem vê a sua loquacidade, na hora de vender, não acreditaria que, na vida civil, você fosse tão lacônico.

Aquela volta à profissão me feriu. Mas preferi achar graça.

– Eu detesto dente de ouro...

E ficamos olhando os pares que rodavam e as mesas que se animavam.

– Aquela tem dezesseis anos... É de Mato Grosso... – informou de novo o meu amigo, que já distribuíra vários olás a homens e mulheres, evidentemente bem radicado na terra.

De fato, ela nem isso aparentava. Meninota. Lindinha de rosto. Olhos muito bonitos. Orelhas ligeiramente cabanas, prejudicando o conjunto. Lembrei-me de um antigo companheiro de colégio vindo de Três Lagoas, que se gabava ingenuamente, o desgraçado, de atravessar sem dor, com um alfinete, os músculos da mão. Ele tinha as orelhas cabanas. Não sei por que, estava inclinado a generalizações. Achei que todos os mato-grossenses tinham orelhas assim. Como é que não percebera, pelo simples olhar, que ela devia ser de Três Lagoas, de Campo Grande, ou mesmo de Corumbá? E um arrepio me percorreu o corpo. E se ela fosse capaz de atravessar a mão ou o lóbulo da orelha com um alfinete?

Gargalhadas altas, na mesa ao lado, distraíram-me o pensamento. Um rapaz de mãos grosseiras e costeletas dava tapas viris num costado moreno. Em mesa distante, toda ocupada por mulheres pensativas, sem garrafa na frente, estava uma japonesa. Desviei os olhos, com medo de pensar em lâmpadas. Eu estava no segundo uísque, meu companheiro no terceiro ou no quarto. A dona do cabaré achou que merecíamos alguma atenção. Abandonou a caixa, veio dar boa-noite.

— Como vai, seu Neves?

Neves me apresentou.

— Viajante?

— Tenente...

Não sei por que disse aquilo. Queria me despersonalizar. Medo, talvez, de que ela, para ser amável, se dispusesse a ouvir coisas sobre a superioridade das lâmpadas que havia quatro anos me enchiam a vida. (Hoje eu vendo refrigeradores, graças a Deus.)

— Vai para Campo Grande?

— Vou.

— Eu sou louca por soldados...

— Principalmente fardados — disse eu, fazendo o possível por pilheriar.

— Principalmente sem nada — disse ela, que estava ainda mais interessada em fazer espírito, vendo já seis uísques devorados.

— Não querem moças na mesa? Há tanta pequena bonita por aí...

— Não. Nós vamos sair já...

— Que pena, disse a gorda (elas são sempre gordas).

Deixei sem resposta o — que pena! — pousei os olhos na imensidão dos seios, que ela espremia em baixo e treme-tremiam em cima, a cada movimento.

"Globo M. 320", pensei.

E tive um movimento de revolta contra mim mesmo, que a imensa matrona captou, com um sorriso onde havia, evidentemente, uma interpretação errônea do meu pensamento. Porque ela julgou que ainda era mulher. Exibia, satisfeita, a dentadura impecável.

— Posso pedir um uísque?

— A casa é sua, respondi, evasivamente.

— Garção! Um *John Haig*!

Veio o "Aigue", a mulher sentou-se ao meu lado, favorecendo-me com uma visão mais panorâmica dos dois globos branquíssimos.

Nisso, com a orquestra, que silenciara, terminando um *fox*, todos os olhos convergiram para a entrada.

— O Sol-da-Meia-Noite! — disse Neves.

Segui-lhe os olhos.

Era um sol moreno, de cabelos negros, de olhos e de uma beleza transtornantes. Nem os olhos, nem a cor justificavam o apelido, que evidentemente era dela. O sorriso, sim. De uma claridade tão nobre e tão festiva, de um encanto tão inaugural de dia novo, que eu fiquei deslumbrado. Ficáramos todos suspensos. Parecia que o mundo parara bruscamente, enquanto aquela visão inesperada se encaminhava, sutil, para uma das mesas livres. Tenho a impressão de que um silêncio longo encheu a sala. Nem música, nem copos, nem vozes. Até que o Neves, como nota profana, pediu novos uísques. Voltei a mim. Senti como que uma atmosfera pesada nos olhos das outras mulheres. A meninota de Mato Grosso apertava uma espinha com os dedos, a que um esmalte encarnado emprestava uma nota rara de mau gosto. O boiadeiro esquecera as mulheres que fingiam distrair-se brincando com os rótulos úmidos das garrafas de cerveja.

Voltei ao meu deslumbramento. Toda de veludo negro, num *robe de nuit* de elegância imprevisível naquela boca de sertão. Vestido assinado? Assinado devia ser aquele corpo moreno que pedia escultores.

— Ela vem sempre à meia-noite – disse Neves, chamando-me à vida. – Por isso veio o apelido. Está aqui há dois meses...

— Mora aqui no cabaré mesmo – informou a matrona, que por sua vez voltara à realidade, e sentia outra vez que passara o seu tempo. – Tem um quarto que dá aí para o jardim.

Havia música outra vez. O cabaré de interior recomeçara. Já se ouviam vozes, tilintar de garrafas. Retornara o riso, o próprio boiadeiro regressara às companheiras de mesa. A criatura solitária, porém, continuava com o mesmo sorriso de manhã de sol, para ninguém e para todos, sem motivos, mas justificado, como parte integrante de um conjunto, alguma coisa de eterno como um instante fixado por um artista de gênio.

— Quer que chame aquela? – disse a matrona erguendo-se. – O tenente vai gostar.

Olhei-a sem compreender. Ah! Sim... Era tenente... E ah! Sim... Ah! Sim... ela podia ser chamada à nossa mesa.

Não respondi.

— Traga – disse Neves.

A mulher fez um gesto. E aquele sorriso imaterial se aproximou, familiar. Os olhos sorriam também, com a mesma alegria de manhã virginal. Quando dei por mim, ela já estava ao nosso lado.

— Boa noite...

— Boa noite, Sol – disse Neves.

E com um sorriso terreno e grosseiro.

— Aqui, o meu amigo... Tenente... Tenente...

Esperou que eu completasse. Não sei também por que, menti de novo:

— Rocha...

Uma nuvem pareceu ocultar bruscamente aquele sol.

— Tenente? Rocha?

Olhou-me fixamente, com uma melancolia que nada fazia prever, nem explicar, porque a melancolia não parecia ter sido fixada pelo artista que a devia ter feito.

— Tenente Rocha? É curioso...

E sentimos os dois, os três, o próprio Neves, que alguma coisa inesperada acontecera, cavando um abismo sem conserto.

Debalde a noite passou. Debalde os uísques desceram. Debalde as palavras soaram, animadas e muitas, sobre os outros, sobre nós, sobre a noite, sobre o calor, sobre os boiadeiros, sobre a vida. Uma sombra estava entre nós. Uma sombra se erguera. O sorriso continuava a fulgir. Mas não era mais o Sol.

Despedimo-nos às três horas. Vários casais se haviam retirado para os pavilhões do lado. Muitos já haviam voltado, risonhos, de alma leve. Pelas três horas, Sol-da-Meia-Noite se despediu. Tinha uma dor terrível de cabeça. Ou do uísque, ou da sombra que não se fora, eu e Neves ainda ficamos longo tempo, num silêncio esmagado, olhando sem ver os últimos pares que rodavam, tendo pena da menina de Corumbá ou de Três Lagoas, que não tivera, apesar de tão nova, quem lhe pagasse uma cerveja. Dei uma nota de quinhentos mil-réis para pagar a conta. A dos seios grandes veio pessoalmente trazer o troco, um largo sorriso de satisfação.

— Como é, tenente, não gostou da Sol? Deixou ela ir dormir sozinha...

Contei silenciosamente o dinheiro. Deixei parte sobre a mesa.

E encarando a mulher.

— A senhora precisa uniformizar esses globos. Compre só daquele ali no fundo. São os melhores...

— Pois não, tenente, pois não – disse a mulher, os olhos arregalados de espanto, enquanto os seios treme-tremiam como gelatina.

DONA BERALDA PROCURA A FILHA

Na pensão indicada por Santa, em sua última carta, dona Beralda ouviu a notícia chocante. Uma mulher com ar de madama dissera-lhe, com rr carregados e uma despreocupada ironia na voz, que ali não morava Santa nenhuma. Contou que procurava sua filha, uma artista também conhecida por Vênus Mulata.

— Ah! Sim! La Venus?

— Isso mesmo, disse humildemente dona Beralda.

— Não mora mais aqui...

— Não sabe para onde foi? — perguntou dona Beralda, esmagada pela notícia. Viera do interior, de surpresa, para dar um alegrão à filha, que há tantos anos não via, e que lhe escrevia sempre, com grandes saudades, mandando dinheiro e contando, para dona Beralda o repetir aos amigos, seus triunfos artísticos.

A mulher com jeito de madama não sabia. Nem estava com vontade de perder tempo com aquela mulata de cabelos brancos, mal-ajambrada, uma velha a sopesar maleta de papelão toda escalavrada pelo tempo, ganha talvez de alguma patroa em momento de limpeza geral.

Dona Beralda ficou atarantada, vendo que a mulher lhe batia a porta na cara. Chegara até ali, de indagação em indagação, de "grilo" em "grilo", alvoroçada pelo reencontro da filha. Que festão seria! Como Santa ficaria contente, após tantos anos de separação! A maleta, felizmente, não pesava muito. Era pequena. A "mudança", pouquíssima. E dona Beralda, na sua vila pacata, estava acostumada a carregar na cabeça feixes de lenha dez vezes mais pesados, trouxas de roupa que eram monumentos. Só o que assustava era o movimento na rua. Nunca vira tanta gente. Nunca vira tanto automóvel! Nunca imaginara tanto povo no mundo. Nem tão apressado. Mas conseguira chegar à pensão, após uma hora de caminhada. Pra quê? Para se ver ali perdida, ao desamparo, sozinha e sem rumo, mais extraviada do que se caísse, de repente, numa floresta emaranhada, sem picadas nem sol. Pôs a maleta no chão, ficou olhando. Passou um homem, jogou longe o cigarro acabado. Passou um moleque assobiando. Parecido com o filho do seu Quinzinho. Cara dum, focinho do outro. Um carro passou. Dentro dois joelhos redondos. A noite caíra. Vinha vindo lá da esquina uma moça loura. Com jeito de pobre. Ela responderia. E respondeu. Não conhecia, não. Não, não sabia. Hesitou ainda um pouco. Notou que, na esquina, apontava uma praça. Ergueu a mala, caminhou incerta, foi sentar-se num banco. Sentou-se na ponta, com medo que os dois namorados a enxotassem. Eles falavam baixinho, muito aconchegados, de mãos entrelaçadas. A princípio sentiram a sua presença. Depois, ela passou a inexistir. E dona Beralda ficou admirada de ver como eram corrompidas as cidades grandes. Num jardim daquele, tão iluminado, um moço e uma moça a fazer tanta indecência. Viu um banco vazio, mais além. Pegou a maleta, mudou-se. Quem seria aquela rapariga? Como consentia que, num jardim público, alguém lhe passasse a mão pelo corpo? Bem dizia seu Belisário que este mundo estava perdido. Bem dizia!

Mas esqueceu logo o casal. Sua situação era séria demais! Estava numa cidade grande, cheia de letreiros vermelhos anunciando coisas, sem casa, sem destino, quase sem dinheiro. E sem saber onde acharia a filha. Também, por que tivera aquela ideia de vir? Por que não esperara o dinheiro, há tanto tempo expressamente prometido para a viagem? Se o recebesse e se avisasse a Santinha, teria quem a esperasse na estação, quem a fosse buscar. Mas não. Dera a loucura: chegar de surpresa. Para rever o jeito infantil de festa com que, tantos anos antes, Santa recebia os presentes maternos. Aquela vez da boneca, por exemplo. Santa estava com 11 anos e nunca tivera uma boneca de massa. Apenas de pano. Dona Beralda começou a juntar. Quando arrumou dois mil-réis, comprou um bebezão de rosto redondo e reluzente. E até hoje ouvia e revia o "ah! mamãe! que beleza!", de espanto e de glória, com que Santinha começou a acreditar que aquilo era para ela mesmo. Depois foi o vestidinho de filó... Teve também aquela vez da fita vermelha. Os olhos muito negros, onde a gente se afundava, adquiriam uma fulguração de sol em começo. E no riso carnudo e claro, de dentes tão iguais e tão brancos, dona Beralda achava que Deus tinha abençoado a escolha do nome. Santa era um anjo. Uma doçura de filha. Com uma capacidade tão doce de ficar alegre, de alegrar o mundo... Quando chegou aos 12 anos, se empregou na casa-grande de uma fazenda. Todo fim de mês Santa vinha correndo trazer-lhe os vinte mil-réis de ordenado.

— Guarde um pouco para você, minha filha.

Santa não queria. Não precisava. Tinha o passadio bom. A patroa dava-lhe roupas velhas das filhas.

— É seu, mamãe. Eu trabalho para ajudar a senhora.

Foi então que comprou um vestido de chita estampada para Santa. E dona Beralda sabia que ia rever agora os mesmos olhos fulgurantes de gratidão e de ternura, quando a filha a revisse. Há tantos anos!

Como tinha sido amarga a dura vida! A patroa mudara-se para São Paulo. Propusera-se a trazer a menina. Aqui ela ganharia mais. Aprenderia coisas. Arranjaria, no futuro, um bom casamento. (Dona Beralda sonhava com algum sargento da Força, que acabaria comandando um destacamento em cidades importantes como Campinas ou Ribeirão Preto.) E como os olhos negros de Santa esperavam o sim, dona Beralda consentiu. O tempo correu, Santa foi crescendo, Santa teve vários empregos, Santa mandava sempre dinheiro, Santa estava aprendendo a cantar. (Desde pequena tinha uma voz de fazer inveja ao melhor sabiá das redondezas.) Depois, as cartas ficaram mais espaçadas, tomavam um tom gaguejado de mistério, dona Beralda não entendia bem o que se estava passando. Seu coração andava miudinho de cuidados. Mas logo mais as cartas se arejaram de novo e Santa contava que sua voz estava cada vez melhor e que estava até aprendendo a dançar. "Mas não é dança de cateretê, mamãe, não pense. É dança mesmo das artistas." As cartas voltaram a minguar o seu coração. A menina estava com vontade de entrar para uma companhia. Tinha sido convidada. Tinha vontade de ser artista. Dona Beralda se alarmou. Mas Santa disse que o teatro não era o que ela pensava, que havia artistas muito direitos, que ela tivera uma patroa que trabalhava em teatro, que um empresário amigo dessa patroa tinha dito que ela havia de ser uma grande artista e chegaria a cantar até no estrangeiro.

    Dona Beralda escreveu cheia de sustos. Lembrou-lhe até a cor, que a prejudicaria. Santa escreveu que a sua cor estava na moda e que havia uma preta em Paris, famosa no mundo inteiro, pelas suas danças e cantos, uma tal de Josefina que acabara até casando com um barão italiano.

Não adiantava contradizer, mesmo porque a carta seguinte de Santa contava que ela já trabalhava num teatro importante e todos os jornais falavam dela. Dona Beralda podia ver pelos recortes. Leu, leu, sem compreender. "Eu sou a que está no anúncio chamada a Vênus Mulata. Seu Peruggi disse que Santa não é nome de artista."

E os anos correram de novo. Dinheiro vinha, de vez em quando, mais farto do que antigamente. Bem bom, porque dona Beralda andava ruim do fígado e o reumatismo a prendia semanas inteiras no enxergão humilde. "Um dia eu vou visitar a senhora." "A senhora vai ver como sua filha ficou importante." "Mostre para a Benedita esse retrato meu que saiu no jornal." Dona Beralda acabou se acostumando e gostando. Ela também estava famosa. Os amigos vinham ler as notícias, olhar os retratos. No começo, eles sorriam.

— Mas onde é que está o nome dela? Eu não vejo... Isso é prosa! Quem é que me garante que Vênus Mulata é Santinha?

Mas depois começaram a chegar os jornais com retratos. Santinha crescera. Estava uma mulatinha e tanto, bonita e risonha, fácil de reconhecer pelos olhos maravilhosos, pelo sorriso iluminado.

Aí toda gente pôs-se a dizer, a insinuar coisas, com ar de pena ou cuidado, mas dona Beralda não se incomodava. Era inveja, sabia.

Até que bateu aquela vontade forte de ver a filha. Dona Beralda deu de achar que o seu dia não estava longe, paradas de coração, sufocação na garganta, como se a vida acabasse de repente. E andava perrengue, trabalhando sempre, mas cada vez mais sem esperança de viver. Santa estava feita, não precisava dela. Podia morrer. Mas não o queria fazer sem rever a filha, ir ao teatro onde ela trabalhasse, ver todo o mundo batendo palma, embasbacado, para o seu amor. Como devia ser bonito! Gente "preparada", de cidade, pagando entrada para ver a sua filha cantar ou dançar. Dona Beralda estaria no meio deles. E poderia dizer: quem seria capaz de imaginar que aquela caboclinha de Mirassol iria subir tanto, chegaria tão alto? Este mundo dá voltas, pensava, olhando um novo casal escandaloso, o rapaz com o braço por trás da garota, a mão apontando por baixo do braço dela, procurando o seio. Como seria agora Santinha? Por que não arranjara ainda casamento? Na idade da filha, dona Beralda tinha três mulatinhos reforçados, que andavam por Mato Grosso, escravizados na Mate-Laranjeira. E Santinha, apesar do sucesso, de artista famosa, ia ficando pra tia. Esquisito. Sentiu, mais do que nunca, ser preciso rever a menina. Não era só a saudade. Aqueles detalhes de cidade grande começavam a inquietar o seu coração. Onde e como encontrá-la? Foi quando se lembrou de que na maleta possuía um recorte de jornal com o nome do Teatro em que Santinha se exibia. Abriu a maleta. Amarrotado e velho, lá estava o anúncio: Moinho do Jeca. Onde seria? De bagagem na mão, saiu à procura de um guarda. Onde ficava o Moinho do Jeca? Ele estranhou. Dona Beralda explicou, com jeito, que lá trabalhava uma filha sua. "A senhora vai por aqui, quebra ali, vira mais adiante, e tal e tal." E lá foi ela, indaga outra vez, se informa de novo, até que, na Praça da Sé, avistou, com grandes luzes, o Moinho do Jeca. Seu coração tornou a bater apressado. Parecia que ia sentir uma daquelas sufocações de Mirassol. Era ali! Ali estava Santinha, há tantos anos desaparecida! Ali estava sua filha! Ali homens e mulheres da cidade grande iam cobrir de glória sua filha! E maleta na mão, tropeçando alvoroçada, dona Beralda se aproximou. À porta, muita luz, uma grande timidez a tomou. Aquilo não era lugar para cabocla velha, chegada do mato. Era coisa de luxo.

Só para gente importante. Nem a deixariam entrar. Ficou olhando as tabuletas da frente, com os nomes dos artistas. Com grande destaque, lá estava o da filha:

Vênus mulata
a rainha do samba e da galanteria

Que negócio era aquele de galanteria? Devia ser alguma coisa séria. Rainha... Sim. Santinha vencera... Seria capaz até de não querer recebê-la... Não. Santinha nunca o faria. Coração de ouro Deus lhe dera. O nome fora uma profecia. Filha amorosa, mandadeira de auxílio para a mãe cansada. Ficou alegre de novo, encheu-se de coragem. Dois sujeitos pobres, tipo de operário, estavam entrando. Haveria lugar para ela também. Seria muito caro? Parou à porta. Em letras grandes, na bilheteria, o preço da entrada: 3$000. Isso tinha ela, graças a Deus. Subiu os degraus.

— Uma passagem...

— Como?

— Um bilhete...

E estendeu as três pratinhas para o bilheteiro espantado.

— Vai entrar?

— Vou... vou... Não pode ser?

— É... mas os espetáculos aqui...

— O dinheiro não chega?

— Chega... — disse o bilheteiro, já desinteressado, tendo que atender a outro *habitué*, estendendo-lhe a entrada.

Dona Beralda, deslumbrada e incerta, ficou sem ver o rumo a tomar. Por onde se entraria? Retratos pelo *hall*. A um canto, linda, sorridente, uma leve malícia nos olhos, mas ainda muito igual à Santinha de dez anos antes, a Vênus Mulata. A velha ficou olhando, orgulhosa. Novo espectador a seu lado encaminhou-se para o porteiro. Dona Beralda seguiu-o. O porteiro recebeu o bilhete com ar de estranheza. Ela percebeu, desapontada, quis explicar-se, apontou para o retrato:

— É minha filha... Santa...

— Santa?

E o homem deu uma gargalhada. Vendo-a hesitante, falou:

— Pode descer.

E de mala na mão, a velha, ofuscada por tantas luzes, tropeçando emocionada, desceu a escada que levava ao porão infecto de onde vinham gargalhadas profanas. Conseguiu lugar a custo, enquanto vozes enérgicas ordenavam silêncio.

Custou a ambientar-se. No palco, dois artistas trocavam piadas pesadas que faziam rir toda gente, embora dona Beralda não lhes apanhasse bem o sentido. Toda a sala enfumaçada era uma só gargalhada obscena, irreverente. O número termina. À esquerda do tablado, um braço aparece, com um *placard*: La Bianca. Era uma cantora loura, envelhecida, sem nacionalidade, o riso canalha, um vestido curtinho, os seios quase à mostra. Ficou chocada. Mas já vira coisas parecidas, num circo que virara a cabeça de meio Mirassol, dois anos antes. Artista é assim mesmo. O que a chocava mais eram as pilhérias grosseiras com que a plateia estribilhava a canção, entoada numa voz que, na sua terra, se dizia de taquara rachada. A mulher cantava e pulava, sorria com uma faiscação de dentes de ouro, dava as costas para a plateia, erguendo a sainha, numa saudação inexplicável...

— Meu Deus! que pouca-vergonha!

Quando viria Santinha? Seria o próximo número? Ainda não. Dois bailarinos acrobatas davam piruetas incríveis, cambalhotas espetaculares. Mas dona Beralda mal os via. Seu coração estava assanhado, dançando batuque, de aflição de ver a filha. Afinal, o braço do palco mostrou as letras que há tanto tempo esperava. A orquestra rompeu um samba. Uma salva de palmas irrompeu unânime, da sala inteira. E Santa, Santinha, a sua Santinha, com o mesmo riso tão bonito de outros tempos, apareceu agradecendo. Dona Beralda estava com a maleta no colo. Os braços descansando, como quem se apoia numa janela, para olhar a rua, os olhos cheios dágua, olhava a filha, revia o passado, tinha vontade de gritar que estava ali, para reencontrar o grito de festa que, esse sim, apesar das luzes e da glória, esse sim, dona Beralda não via mais nos olhos dela.

Gosto que me enrosco
Só de ouvir dizer,
Que a parte mais fraca é a mulher...
Mas o homem,
Com toda a fortaleza,
Desce da nobreza
E faz o que ela quer...

Santinha acompanhava o canto com meneios que lembravam os da cantora anterior. Sublinhava com risos e gestos que provocavam gargalhadas canalhas, cada verso cantado. E quando o número findou, foi tal o fragor das palmas, os bis ressoaram com tamanha força, que a orquestra soou outra vez, para novo número, sob novas palmas.

Só naquele interregno dona Beralda prestou atenção na indumentária da filha. Estava quase nua. Um vestidinho leve, transparente, os seios quase saindo de um sutiã de flores, um saiote branco, pequenino, deixando-lhe as coxas à vista. Deu a sufocação outra vez. Não sabia que a filha tinha coxas tão lindas. Lembrou-se confusamente que o seu defunto, noutro tempo, dizia que ela, Beralda, tinha as coxas mais bonitas do mundo. Te esconjuro, credo! Nunca pensara que Santinha seria capaz de aparecer assim na frente de tanta gente, naqueles trajes. Mas o horror ainda estava por vir. No intervalo entre duas estrofes, enquanto Santinha saracoteava com trejeitos insanos, a plateia grita:

— Tira!

— Tira!

Dona Beralda estremeceu. Estavam troçando da filha? Estavam vaiando? No fundo, era o caso. Mas o seu coração de mãe se revoltou. Olhou para os companheiros. Eles gritavam, em coro:

— Tira!

— Tira!

Olhou para a filha, como querendo transmitir-lhe a sua solidariedade, certa de que ela passava pela suprema humilhação. Mas Santinha saracoteava e sorria, com um sorriso que agora fazia lembrar o de antigamente, na ocasião da boneca de massa ou do vestido estampado. Sorria e saracoteava.

— Tira!

— Tira!

— Vamos ver isso!

A orquestra sarabandeava com fúria. Santinha juntou as mãos no lado direito do saiote, como quem descolchetava alguma coisa. E sob uma salva de palmas e um fragor de uivos e vivas, retirou o saiote, quase inteiramente nua, uma calça negra muito justa, de rendas embaixo, o corpo escultural se requebrando aos olhos da plateia em febre.

Dona Beralda fechou os olhos. Não conseguia acreditar. Não podia ser. Estava doida. Era sonho. Era pesadelo. Não estava acontecendo.

– Mais!

– Tira mais!

– Mostra mais!

– Eu tô pagando!

– Eu quero ver!

E agora as palavras obscenas se misturavam com o canto da Vênus Mulata. Parecia que a sala toda endoidecera. Só a garota sorria, calma e feliz, vivendo serena o seu momento de glória. O samba acabara. As palmas continuavam. Os uivos também. E Santinha lá em cima ("ah! mamãe! que beleza!") agradecia contente ("ah! mamãe! que vestido bonito!"), agradecendo e querendo sair, voltando outra vez, ouvindo os uivos ("guarde para a senhora, mamãe, eu não preciso!"), Santinha, tão bonita e quase nua.

– Tira!

– Tira!

Santinha sorria. Seus braços maravilhosos se uniam agora nas costas ("ah! mamãe! que saudade!"). E aqueles uivos de lobo saudavam dois seios redondos que saltavam do sutiã jogado no chão.

Uivos, gritos, palmas, bumbo, trompas, gargalhadas, palavrões. As duas mãos se juntavam agora na calça de renda, no mesmo lugar de onde caíra o saiote...

* * *

A maleta ficara não sabia onde. Cabeça vazia. Os pés inchados. Chegava a um jardim. Aquele em que antes estivera? Não sabia também. Sentou-se num banco, sem pressa, o corpo quebrado. Encolheu-se toda, mergulhado o rosto nas mãos, sobre o peito magro. E ficou pequenina, pequenina, sentindo frio, no sem-fim da noite.

O PARAQUEDISTA E O DEDAL

O homem submetera-se à última prova. Descera direitinho. De maneira espetacular e dramática. Vivera a mortal sensação de abandono, que é a primeira fase do salto, quando nada mais é que uma coisa jogada no vácuo, simples molambo, sensação de pedra que cai, puxada pelas forças do abismo. Não sentira, porém, a impressão da sua pequenez, do seu nada. Conseguira não sentir. Seu domínio sobre os nervos, sua confiança tranquila em si e no aparelho salvador, que levava como parte do corpo, era total. Jogado no espaço, vendo que os abismos se abriam embaixo e que o nada se prolongava, nem assim seus nervos se desbarataram. Aguardou o momento preciso de abrir o paraquedas. Sem receio percebeu, logo, que alguma coisa se desprendia, atrás dele, e que uma reação se esboçava. Seu corpo começou a pairar. Deixava de ser um peso morto desabando no vácuo. E viu com um júbilo sem surpresa que um pequenino céu se formava no alto, dele e para ele, preso a ele. Agora, começava a sentir o vento e a resistência. Não desabava mais, era levado. Não se projetava, era carregado. E embora a descida continuasse, tornara-se caprichosa e quase pitoresca. Quando o paraquedas se abriu por inteiro, pequena abóbada volante, houvera uma como que brusca parada. A velocidade da queda diminuíra. E ele oscilava, levado pelas correntes rumo ao solo, cada vez mais perto, até o momento vitorioso do encontro final com a terra que viera ganhando forma, colorido e sentido.

À medida, porém, que a terra se aproximava e que as árvores e as casas se engrandeciam, diminuindo o conjunto e aumentados os detalhes, alguma coisa, que era uma antevisão informe de autocrítica, pôs-se a tomar corpo no seu espírito.

Embaixo, palmas e vivas. Conquistara o brevê. Sua perícia e coragem provocavam louvores. Mas fugira-lhe a alegria audaciosa de outros tempos. Alguém chegou mesmo a perguntar se o homem não se sentia mal, se não sofrera algum traumatismo na queda. Achava que não. Só desaparecera a alegria despreocupada de sempre, o sentido puramente esportivo da vida, o sabor de aventura que nela encontrava.

Regressou à casa. Mal deu atenção aos abraços festivos com que os íntimos viam voltar, ileso ainda uma vez, o querido louco que jogava com a vida com displicência perdulária. Passou a tarde tomado por vaga melancolia, que preferiu levar para a rua, fugindo às clássicas apreensões da família.

À noite voltou. Estava deserta a sala de estar, no grande casarão de seus maiores. Foi ao refrigerador, preparou uísque gelado, veio continuar a beber na sala solitária, onde pequenos detalhes falavam das atividades domésticas. Inclusive uma cesta de costura, linha branca pendurada pela borda, uma tesoura ao lado, semiaberta, e um humilde dedal de boca para o teto.

Ali ficou, longo tempo. O uísque estava bom.

— Gente boa, esses ingleses... Mesmo com a guerra eles não se esquecem da gente...

Saboreou a bebida refrescante, agitando o gelo, uniformizando a mistura.

— Boa coisa é beber...

Uma paisagem alegre da fazenda em que passara a infância era evocada num quadro fronteiro, simples diletantismo de velha tia solteirona.

— Foi bom terem vendido a fazenda. Plantar café é burrada...

O copo se esvaziara.

— Eu devia ter trazido a garrafa.

Voltou à copa, preparou nova dose. Trouxe todo o arsenal, espalhou-se numa ampla poltrona, achou que estava calor.

— Paraquedista, hem?

Estremeceu. Alguém falara? Estava só.

— Eu acho que subiu...

Acendeu um cigarro.

— Paraquedista, hem, seu moço?

Era uma pequena voz sarcástica, viva e bem distinta.

Soergueu-se, assustado, olhou para os lados. Não havia dúvida. Alguém falara. Examinou a sala. Ergueu-se de um salto. Ninguém, nem nas salas pegadas. Aliás, era voz desconhecida, por ninguém usada na casa.

Passou a mão pela testa.

Para mim, estão falsificando esse uísque, pensou.

Mas ficou de olhos e de ouvidos atentos.

— Alô, paraquedista...

Ele havia pousado os olhos no pequenino dedal escurecido, e teve a impressão de que viera dali a voz.

Esbugalhou os olhos.

— Sim, sou eu mesmo...

Perscrutou a sala, apavorado.

— Sou eu, homem, sou eu...

A sala estava iluminada. Ele, e mais ninguém. Abriu portas, acendeu novas luzes, abriu o porta-chapéus, correu às janelas, foi à porta da rua, olhou o jardim. Aliás, tolice, porque voz tão distinta e tão próxima, tão nítida e tão íntima, não poderia vir do exterior.

Emborcou o novo copo.

— E para mim, nada? Nem um tiquinho?

Era o dedal. Não podia ser outro. Aproximou-se, a respiração apressada, o coração tuco-tucando.

— Sou eu, meu caro paraquedista... Sou eu mesmo... Você pensa que só você tem o dom da palavra?

Apanhou, trêmulo, o dedal. Era uma coisinha vulgar, toda pontilhada, para apoio das agulhas e alfinetes.

— Dez anos de uso, seu moço... Dez anos de trabalho diário...

O homem teve uma impressão de desabamento. Alguma coisa como um mergulho de três quilômetros de altura.

Mas o uísque emborcado era bastante para dar-lhe uma coragem moral igual à coragem física de que tantas vezes dera provas, nuvens abaixo.

— É você? Você, quem?

— Eu... eu... respondeu uma voz clara, explicada, como alguém que se caceteia com a incapacidade alheia de compreender as coisas mais axiomáticas.

— Mas quem? quem? — começou o paraquedista a se irritar, encarando aquele pequeno cilindro de metal.

E a testa rebentando em bolhas de suor, em pé no meio da sala, encarando o pequenino mistério nos dedos em concha, o Homem ganhava um pitoresco delicioso.

— Quem? quem? – disse a voz. Você não me vê, não me ouve?

"Mas isto deve ser alucinação", pensou o paraquedista.

E, meio incrédulo, meio apavorado, depositou cuidadosamente o dedal sobre a mesa de costura.

— Com medo, hem, seu malandro?

— Eu, medo? – exclamou o Homem erguendo-se.

— Medo, sim – disse a voz. – Medo do mistério, medo do desconhecido...

— Eu nunca tive medo!! – afirmou o Homem, refugiando-se apressado no copo onde a mistura loura se escondia, mas sem tirar os olhos do dedal.

— Pensa você – continuou a voz. – Pensa você... Por ter a inconsciência feliz de se arrojar de alguns mil metros de altura, você se imagina um super-homem. Porque os outros batem palmas, você se acredita um herói. E porque até agora nada houve, e suas vitórias se repetem, você julga ser o homem-novo, o homem século XX, a última vitória do espírito sobre os elementos... Não é assim?

O Homem era de ânimo forte. Já se habituara à voz misteriosa, como se habituara aos sustos da descida.

Reagiu:

— E não é assim mesmo?

E ficou olhando, com ar de desafio, o humilde e impassível dedal. De onde a voz recomeçou, segundos ou séculos depois:

— Pensa você, meu caro, pensa você... Mas já se lembrou, porventura, de que você é, apenas, um herói que desce?

O Homem estava só – ou quase... – e achou que tinha direito de fazer piada. Sorriu:

— Tinha graça se eu, em vez de ser paraquedista, fosse para... subista...

— Parabéns... – sorriu a voz. – Parabéns... Você, nem diante do Inesperado, se deixa humilhar... Faz até subtrocadilhos... Pouco fez a humanidade, nestes últimos duzentos mil anos... Pouco subiu...

O Homem já abrira o paraquedas. Estava senhor de si:

— Piccard já alcançou a estratosfera...

— E não conseguiu perceber, vindo lá de cima, que, quanto mais desce, são maiores os detalhes, mas é menor o panorama...

A observação chegou como corrente de vento que o desviasse da rota descendente.

Mas ele acreditava no paraquedas.

— E o que é que tem isso com o peixe?

Dessa vez, ele esperou em vão. O silêncio se fez, pesado. O Homem olhou, reolhou, esqueceu o dedal. E pensou, recompensado:

"Amanhã eu saio em todos os jornais..."

A HERANÇA

Eu dirigia a *Folha da Tarde*. Vai para alguns anos, lembro-me como se fosse ontem, eu subia certa vez a escada da redação, irritado contra um deputado situacionista que me atormentara em casa toda a manhã, exigindo retificação e adendas a uma entrevista concedida na véspera. Ele não dissera "o presidente da República", mas "o Exmo. Sr. Presidente da República". Não dissera que o "país estava à beira do abismo", mas que "a situação de prosperidade em que se encontrava o país, de norte a sul, mostrava bem a clarividência, o descortino, a amplitude de vistas e a nobre energia do governo que com patriotismo dirigia os destinos da pátria". De mais a mais, não afirmara que lutávamos com uma avalanche de 80% de analfabetos, mas com 79, tendo acrescentado que o governo conjugava todas as forças para debelar o grande mal em poucos anos. Por aí além.

— O mais prático — disse eu — é o amigo redigir uma carta retificando.

O homem começou a escrever.

— O jornal respeita a ortografia? — perguntou de repente.

— Respeita...

— Não. Não é preciso. Pode modificar... Eu não faço questão... Até se quiser corrigir um ou outro cochilo, às vezes escapa..., não faz mal. Eu não tenho essas vaidades...

O diabo aquela dependência do governo! Minha vontade era ter um jornal em que pudesse falar, em que pudesse desancar todos aqueles javardos. Ah! se o jornal fosse meu! E eu ainda mascava a minha raiva contra o importuno, quando a telefonista me avisou:

— Tem aí na sala um camarada que precisa muito falar com o senhor. Diz que é urgente.

— Quem é?

— Não sei. Disse que é o herdeiro.

— O herdeiro? Ora essa!

Entrei na minha sala. O homem lá estava.

— O senhor é o diretor?

— Às suas ordens.

— Eu sou o herdeiro!

Pensei logo no Juqueri. Tudo no homem fazia pensar em fugitivo do hospício.

— Herdeiro de quem?

— Do milionário.

Por via das dúvidas, peguei no telefone, para um pedido de socorro, ou para uma defesa desesperada.

— Ah! Sim... do milionário...

— Pois é, doutor. Eu sou o herdeiro do americano.

— Ah! do americano... Muito bem... Sente-se, faça o favor.

Ele sentado, eu de pé levaria vantagem. Graças a Deus a porta ficara aberta.

— Então o senhor...

— Sou o herdeiro. Logo que li a notícia percebi que se tratava do meu caso...

— Pois não...

— Minha mãe sempre me disse que tinha sido um estrangeiro...

— Muito bem...

— E como eu tenho exatamente 30 anos...

— Não aparenta. Parece mais moço...

Ele se ergueu indignado.

— Mas estou dizendo a verdade! Eu não estou mentindo para me habilitar. Tenho aqui a certidão: filho natural de Vicência de Andrade, nascido em 13 de junho de 1900. De 1900 para 1930 são 30 anos, se a minha aritmética não falha. Ele esteve no Brasil exatamente nove meses antes. Então não sou eu?

— Provavelmente. Mas...

— O senhor está pondo em dúvida?

— De maneira nenhuma!

— Eu não sou um aventureiro! Venho apenas pleitear o que julgo o meu direito...

— Sem dúvida!

— E o senhor pode ver pela notícia que se trata, mesmo, do meu caso. Leia outra vez.

Passou-me um recorte amarrotado. Era um telegrama que publicáramos na véspera e que me passara despercebido. Nova York, tanto de tanto, Agência Havas. Morrera o milionário Harry Billinger, deixando cinco milhões de dólares a um filho que lhe nascera no Brasil de uma senhora cujo nome esquecera, mas com a qual tivera relações em fins de 1899. Celibatário, não tinha outros herdeiros.

— Não sou eu mesmo? Veja bem. Eu sou louro. Filho de americano é sempre louro. Tenho 30 anos. Minha mãe sempre me disse que era um estrangeiro.

— Era o mesmo nome?

— Não sei. Era um nome complicado. Ela o chamava de Bife.

— Bife?

— Sim. Bifinho... meu Bife... expressão de ternura, o senhor compreende. Com a intimidade, acontecem dessas coisas. Como o nome era difícil, ela preferia chamá-lo assim.

— Mais prático...

— Infelizmente não muito... Se tivesse registrado tudo, seria mais fácil a gente pleitear a herança. Mas deve ser o mesmo que está no telegrama.

— É possível... E era americano?

— Devia ser. Bebia o dia inteiro. Só falava *yes*. *Yes* é inglês, não é?

— Um pouco...

— Por aí o senhor vê. Sou eu.

— E... e a ligação foi muito longa?

— O suficiente...

— E só com ele?

— Para ser franco, parece que não. Mas eu saí louro.

— É fato... Mas não haveria outros louros?

— Eu acho difícil, doutor. Naquele tempo havia poucos estrangeiros aqui, a não ser italianos. Mas italiano é mais para moreno que louro, não acha?

— Sim...

— Quer dizer, portanto, que sou eu... o senhor mesmo está vendo...

— Mas o telegrama não é completo. Fala em Brasil. Não diz a cidade. Ninguém pode provar que foi em São Paulo.

— E não foi mesmo. Foi em Campinas.

— Ah!

— Está vendo?

— Mas o telegrama não fala em Campinas. Não especifica...

— E o senhor acha possível que houvesse a coincidência de nascerem naquele ano mais filhos de um milionário americano no Brasil? Ele mesmo diz que foi um só.

— É verdade. E o homem já era milionário naquele tempo? Gastava muito? Esbanjava dinheiro? Que é que diz, a propósito, a... senhora sua mãe?

— Diz que não. Era um muquirana. E é isso mesmo que vem confirmar a minha hipótese. Mamãe sempre disse que, quanto mais rico, mais muquirana. Não tem notado?

— Tenho.

— Pois então sou eu mesmo... nem há dúvida!

— Parabéns... Cinco milhões é alguma coisa de sério...

— Se é, doutor! Calculando por baixo, a 10$000, são cinquenta mil contos...

— Mas dá mais. O câmbio está cada vez pior...

— Dá. Mas eu já calculo por baixo, porque há as comedorias. O governo avança em boa parte. Ainda mais nesse caso, com dois governos a comer...

— E o americano deve ser terrível...

— Se é, doutor! Mas eu não me incomodo. 50 mil contos já vão dando...

— É alguma coisa...

— Eu que o diga! Olhe que trabalho onze horas por dia para ganhar 200 paus por mês. Tenho mulher doente e um filhinho paralítico... Se há quem mereça, é este seu criado. Eu tive a impressão, quando mamãe me mostrou o telegrama, que Deus olhou lá de cima, me viu e disse: "Bem, agora chegou a vez do Fortunato... Vamos ajudar o coitado..."

— E que pretende fazer agora?

— Ora! Vou me habilitar! Eu só queria conhecer a sua opinião. Já que o senhor concorda, eu vou escrever hoje mesmo. Muito obrigado, doutor...

E, com um aperto de mão, festivo e feliz, o Fortunato saiu, perguntando-me, da porta, se não podia recomendar um bom advogado.

Eu ainda achava graça no caso quando, ao pôr o papel na máquina e iniciar o artigo de fundo – ah! se eu pudesse desancar aquela corja! –, o telefone tilintou.

— Tem uma senhora à sua procura.

— Quem é?

— Não disse o nome. Diz que é assunto particular.

— Bonita?

— Não.

— Agora não posso atender.

— Mas ela diz que é urgente. São dois minutos só.

— Está bem. Mande entrar.

Era uma senhora de seus cinquenta anos, simpática, bem-vestida, bem-conservada.

— É o doutor Lemos?

— Um seu criado.

— Muito prazer. Tenho apreciado muito os seus artigos.

— Obrigado.

— O senhor é um grande jornalista. Eu sempre disse que o único jornal que se podia ler em São Paulo era a *Folha da Tarde*. Pelo menos é o que diz a verdade. Não tem papas na língua...

— Muito obrigado...

— Jornalista deve ser assim, não acha?

— Acho...

— Pois é, doutor, eu vim aqui um pouco constrangida...

— Esteja à vontade...

— Trata-se de um assunto muito íntimo...

— Sim, senhora...

— E... e se não fosse a minha confiança na sua lealdade, eu não viria aqui...

— Estou ao seu inteiro dispor.

— Eu vou falar, sem mais preâmbulos. Não adianta a gente começar com muita hipocrisia. O senhor sabe, naturalmente, do telegrama que o jornal publicou ontem...

— O do milionário?

— Esse mesmo. Pois bem. Apesar de se tratar de uma coisa muito íntima, dolorosa, mesmo, eu desejava saber o que há de verdade sobre o assunto...

— Toda a informação que temos é a que está no telegrama...

— E o senhor acha que ficaria mal a gente se apresentar?

— É uma questão toda pessoal, minha senhora...

— Eu compreendo, mas é que não é por mim, é pelo meu filho...

— O Fortunato?

— Não. Fortunato é o terceiro. Tem só 12 anos. Esse já é do meu casamento. É o Fernando...

— Pois não...

— O senhor vê bem que a minha situação é muito difícil. Eu hoje sou casada. Meu marido é muito bom. Adotou até os filhos que eu tinha... E não é por mim. Eu não faço questão de dinheiro. Mas é pelo coitado. Tem dois filhos... e não é justo que, por uma questão de hipocrisia, de conveniência pessoal, ele seja prejudicado nos seus direitos...

— Como assim?

— É que é ele o filho do milionário...

— Não me diga!

— É a pura verdade, doutor. Não é Harry o primeiro nome do milionário?

— É o que diz o telegrama...

— Pois aí está. Eu não me lembrava do sobrenome, mas o primeiro nome eu tinha bem na cabeça. Era até um mocetão... Simpático, alegre, brincalhão... O senhor percebe... às vezes a gente erra... Eu era moça, não tinha juízo, e foi um desastre. Mas agora eu vejo que todas as coisas acontecem para o bem da gente. Deus é grande. Justamente agora, quando o Fernando está com um filho passando mal, sem poder iniciar um tratamento adequado, por falta de recursos...

— Vem a herança.

— Isso mesmo, doutor. Vem a herança. Eu sempre tive vergonha de recordar esse fato. Doía a gente lembrar que o Fernando não podia se apresentar de cabeça erguida na sociedade. Agora ele está vingado. Porque o senhor sabe que, tendo dinheiro, a sociedade se curva...

— Sem dúvida!

— O senhor não vê esses ricaços? Quem é que quer saber quem foi o pai deles, como foi que eles começaram a fortuna, o que fazem as mulheres e os filhos deles? Sim, porque é uma pouca-vergonha. Só quem conhece de perto a alta sociedade sabe o que eles valem. E bufam tanto! E vêm com tanta prosápia!... Mas agora vai ser diferente! Olhe, doutor, até os irmãos menores judiam dele, fazem pouco caso, porque o pobre nasceu fora do casamento... Mas Deus é grande, Deus é grande! Quando li o telegrama, Harry Billi... como é? Billinger... – que nome, não, doutor? – eu vi logo que era o Harry...

E, caindo em si:

– O doutor naturalmente há de achar um pouco ridículo o meu caso...

– Ora...

– É natural... Mas eu não penso em mim, penso em meu filho. Não acha que devo fazer alguma coisa?

– Se tiver meios de provar os seus direitos, não contesto...

– Ah! eu arranjo, doutor! Pode ficar descansado! Só o que eu sinto é não ter guardado nenhum documento, mas não tenho a menor dúvida de que ele foi o pai do meu Fernando...

E com mais algumas palavras e novos pedidos de conselhos, despediu-se.

– Uff!

Eu mal batera o título – "A nova política do café" – quando novo personagem se fazia introduzir na sala. Desculpas, gaguejo, entrada no assunto. Era um cavalheiro de meia idade, longa careca reluzente, uma barriguinha feliz, redonda e possivelmente tão lustrosa quanto o queijo do reino que, a cada cinco palavras, enxugava lá em cima.

– Eu não tenho preconceitos, doutor. Tenho mesmo o mais profundo desprezo pelos preconceitos sociais. Esses diz que diz que de aldeia, toda essa mesquinharia que representa a vida social não tem, para mim, a menor importância. Sou, sem vaidade, um homem superior, tanto assim que, tendo lido ontem aquele telegrama dos Estados Unidos, achei que devia sindicar bem do que se tratava, porque esse caso parece ligado, muito de perto, à minha família...

E depois de reenxugar a careca, onde novas bolhas d'água se formavam:

— Eu sou viúvo. Tenho vários filhos. Um deles, vamos ser francos, não é meu filho. Criei-o, mesmo depois de sabida a verdade, por uma questão de humanidade. Eu acho que uma criança não tem culpa dos erros dos pais. O senhor não concorda?

— Concordo.

— Foi o que pensei. Deixei o rapaz em casa. Afinal de contas, ele era da família, era filho de minha senhora...

E passou o lenço aberto pelo crânio augusto.

— Minha senhora podia ter muitos defeitos, mas pelo menos era sincera. O senhor sabe que as mulheres pelam-se por uma mentirinha. Pois a minha não. Preferia apanhar, mas dizia a verdade... Foi ela mesma quem me contou o caso do Celso. Eu desconfiava de um vizinho. Naquele tempo eu tinha ideias muito atrasadas e cheguei a falar até em tiro. Foi aí que ela achou melhor ser franca. E disse que tinha sido um americano, que pouco depois embarcou para os Estados Unidos. Como eu não podia fazer mais nada, e como minha senhora estava sinceramente arrependida, ficou o caso por isso mesmo. Aceitei o rapaz. Pois olhe: não me arrependo. É um excelente amigo, trata-me como pai, ignora mesmo o caso do americano. Eu nem sei mesmo como lhe contar a verdade. É um rapaz tão sensível... Mas eu não tenho dúvida de que foi ele... O telegrama diz que foi há trinta anos e o meu... e o meu filho tem exatamente essa idade...

— Mas como argumento perante os tribunais, essa coincidência prova muito pouco...

— Sim, reconheço. Mas eu posso promover uma investigação de paternidade – como já disse, eu não tenho desses preconceitos, sou um cidadão emancipado...

— Mas ficaria caríssimo...

— Eu tenho o dinheiro para mover o processo. Posso emprestá-lo ao rapaz, que me pagará depois, ao embolsar os cobres...

E depois de uma pausa embaraçada:

— O diabo é convencer o rapaz...

Contemplei-o longamente. Se eu fosse romancista ou psicólogo, se não tivesse que bater em 15 minutos o editorial daquela tarde, eu conservaria por mais tempo aquele exemplar imprevisto de homem, um desses tipos que só os acasos da vida de jornal nos botam na frente. Mas da oficina já haviam reclamado. E, encarnando por um momento a moral ofendida de toda uma pequena burguesia, falei:

— Eu não sei se o amigo já notou que está tomando o meu tempo...

— Ah! perdão...

— Sim, eu não tenho nada com as poucas-vergonhas da sua vida particular.

O homem se ergueu:

— Mas o cavalheiro está me ofendendo!

— Ofendendo, uma ova! O senhor pensa que, por dirigir um jornal governista, eu sou obrigado a aturar todas as misérias e receber quanto patife e quanto pulha existe nesta terra?

— Mas...

— Olhe, meu amigo, procure um advogado, prove que o homem é o pai do seu filho, encha-se de dinheiro e sinta-se feliz de ter perdido a mulher...

— Mas... mas...

— Sim. É uma boca de menos... E vá para o raio que o parta!

O homem foi.

Fiquei a rir sozinho. Pela primeira vez, com meu temperamento frio e fleumático, assumia posição tão teatral, fazendo frases indignadas, quando eu não estava, por forma alguma, irritado. Fora só o gosto de medir até que ponto chegava a flexibilidade de espinha daquele indivíduo francamente *sui generis*. Mesmo porque, afinal, não se podia tratar senão de um idiota ou de um louco. Que os filhos, que as mulheres viessem, está certo... Mas os maridos... Além disso, o jornal nada tinha com o caso. Tomasse um advogado, que se defendesse como quisesse... Mas procurar um jornal, era até perigoso. Enfim, como na vida há mais inverossímeis do que na arte, ele existia, o homem acontecera.

E, com medo de nova interrupção, atirei-me à máquina e escrevi rapidamente três páginas cerradas sobre a valorização do café.

* * *

À noite telefonaram-me para casa.

— Você está só?

— Estou.

— Aqui é a Lupe...

— Conheci pela voz. O que há?

— Eu queria falar muito com você.

— Pois não. Quer que apareça por aí?

— Não. O melhor é eu mesma ir à sua casa.

— Então, disponha.

E Lupe Vilela dos Santos, dona Lupe, aliás, apareceu.

— Você vai achar esquisitíssima esta minha visita...

— Ora, por quê?

— Sim. Não tem propósito. Onde se viu uma senhora da minha idade bater a estas horas no apartamento de um rapaz solteiro...

— A honra é toda minha...

— Mas não se engalane todo... – fez ela bem-humorada. – Eu sou família.

— Nunca o duvidei...

— Olhe, Lemos, eu queria falar com você sobre um assunto particular... Posso falar?

— Pode confiar em mim.

— Pois bem... Ontem, vendo a *Folha da Tarde*, li um telegrama que me deixou intrigada.

— Já sei. O do milionário americano...

— Como! Então já sabia?

— O jornal é meu... Eu li primeiro...

— Ah! bem... Tinha entendido outra coisa...

Hesitou um segundo.

— Você é amigo meu há muitos anos. É quase meu filho...

— Quer provocar galanteios?

— Quero encurtar o caminho. Você é amigo nosso. E eu quero que você seja franco, mas franco de verdade. Quero que você me aconselhe...

— Não percebo – disse eu, modestamente.

— Percebe... Percebe muito bem. Não seja hipócrita. Afinal de contas, nós estamos a sós...

— *Enfin seuls*...

— *Enfin seuls*, no seu apartamento. E, apesar de velha, eu vou me pôr a nu, diante de você.

Tive um estremecimento. Ela sorriu de novo.

— Não se assuste. Não vim propor nenhum sacrifício. Vim pôr-me a nu... moralmente.

— Moralmente ou não, será sempre um prazer para mim.

— Piada de mau gosto, meu caro... E eu tenho pressa. O Fulgêncio foi a uma reunião na Ordem dos Advogados, mas é capaz de voltar cedo. O que eu quero lhe dizer é o seguinte. O... esse... esse caso do americano, eu acho que foi comigo...

— Não diga isso, dona Lupe. É um telegrama da Havas. Vem dos Estados Unidos... Ninguém...

— Pois é isso mesmo. Ou muito me engano, ou o herdeiro desse americano excêntrico é o... é o...

— Diga...

— O Fulgencinho...

Recuei horrorizado.

— Eu sou cínica, não sou?

— Ora, dona Lupe...

Ela sorriu.

— A gente precisa às vezes ter a coragem de ser honesta, de ser sincera. Confessar que se tem ou se teve um amante é coisa nem sempre comum, mas que não devia ser humilhante, você não acha?

Olhou-me firme.

— Você conhece, em nossa sociedade, mulher que não tenha enganado o marido?

Não respondi.

— Vamos. Responda.

— Eu ando tão atarefado, tão afastado desse meio... Não saio do jornal...

— Olha o santinho... Então vamos a uma pergunta menos escabrosa. Conhece marido que não tenha enganado a mulher? O meu, com certeza...

Sorrimos. Dona Lupe continuou.

— Agora mesmo ele deve estar na Ordem dos Advogados. Sabe onde é? Num apartamento da Praça Júlio Mesquita. Uma francesinha muito à toa, muito feia, muito porca... Sim, até porca... Eu não me incomodo. Sei tudo e não digo nada. Assim, pelo menos, ele não me caceteia muito. O único inconveniente é que ela é um sorvedouro de dinheiro... Mas isso não vem ao caso.

— De fato...

Dona Lupe pediu-me um cigarro.

— Quer um uísque?

— Bem gelado, sim?

Sorveu os primeiros goles.

— Ótimo! Mas eu vou contar tudo como realmente se passou. Pelo telegrama você viu que a coisa foi em 1899, não foi? Eu estou ficando velha...

— Não diga isso. A mulher tem a idade que aparenta...

— 60? 70?

Ia dizer 35, mas dona Lupe não deixou.

— Eu vim ao seu apartamento, não para ouvir galanteios extemporâneos e forçados... Vim me aconselhar. Ouça lá. Nesse ano, eu estava em Santos fazendo uma temporada de banhos. O Fulgêncio estava no interior, às voltas com a safra de café. No nosso hotel apareceu um americano bonitão, simpático, falando muito pouco de português, que começou a se engraçar comigo. Estava de passagem. A princípio não dei muita importância. Mas ele foi se chegando, foi se fazendo camarada, foi me conquistando a simpatia. Fazíamos excursões juntos, com outras pessoas do hotel. Começamos a beber juntos. Você sabe que eu sou muito fraca para bebida. Sobe logo... E o fato é que, uma noite... bem... os detalhes não têm importância...

— Conte... conte...

— Não. Isso não interessa. Foi há tanto tempo, que eu não me lembro bem dos detalhes. Nem eu estava mesmo muito interessada por ele. Basta dizer que nem guardei o nome direito. Mas a verdade é que eu sempre achei que o Fulgencinho datava dessa temporada, ou melhor, foi dessa temporada. Fulgêncio aparecia aos domingos, mas eu sempre desconfiei que o garoto era do outro. Até o tipo é diferente. Não tem nada de comum com os irmãos. Você não notou que ele tem um jeitão de americano? Aqueles ombrões, aquele ar corado, essa mania de ir para os Estados Unidos, de mascar chiclete, de andar de chapéu dentro de casa? Para mim, é a voz do sangue, não acha?

— Tudo é possível...

Dona Lupe virou o resto do uísque.

— Me dá outra dose. Isto, sim, é uísque. Ponha bastante gelo.

Obedeci.

— À saúde.

— À sua.

Olhou o relógio.

— Nossa Senhora! Nove e meia! Imagine se a francesinha despacha o coronel mais cedo! Se o Fulgêncio não me encontra, é desaforo o resto da noite...

— Ainda?

— O quê? Eu não sou tão velha assim. Ainda posso provocar ciúmes. Calcule o que não pensaria o Fulgêncio se soubesse que eu estive aqui no seu apartamento. Inda mais no seu, com a fama de pirata que você tem...

— Bondade...

— Santinho! Pensa que ninguém lhe conhece as aventuras?

Mas, recaindo em si:

— Não leve a mal. Caduquice de velha. Memórias da juventude... Eu vim aqui tratar de negócios. Olhe, diga com franqueza. Você acha que eu devo fazer alguma coisa? Além de tudo, você é também advogado...

— Eu acho um pouco imprudente, franqueza... Com a sua situação social, com a sua família... Seria um escândalo. O próprio Fulgencinho não iria gostar...

— Ah! naturalmente... Mas, ou ele não é meu filho, ou acabaria se conformando. Olhe que cinco milhões de dólares não são cinco mil-réis, são cinco milhões de dólares!! Que uísque, rapaz! O uísque foi sempre a minha perdição. Foi com meia garrafa que o raio do americano me fez perder a cabeça... E naquele tempo eu era mais forte... mais moça. Hoje, sou um molambo velho, que ninguém mais deseja...

— Não diga isso, dona Lupe.

— Isso, me chame de dona... O "dona" me põe logo na linha.

E, emborcando o terceiro copázio, dessa vez generosamente dosado:

— Como é, menino, o que é que você me aconselha?

Eu, sinceramente, não sabia o que dizer. Era o cúmulo vir aquela senhora, afinal tão respeitável, pedir-me que a orientasse numa situação tão escabrosa. Isso era lá com ela, com o marido, com o filho, com o diabo, menos comigo. Quando o escândalo rebentasse, mesmo com os cinco milhões, se eles viessem e se existissem, seria um terremoto de ridículo sobre meio mundo. Os jornais gozariam. Se a coisa falhasse, então, nem se fala. Nisso, uma ideia luminosa me ocorreu.

— Quando foi a coisa... dona Lupe?

— Em fins de 1899...

— A senhora me disse que ele estava de passagem?

— Sim. Foi questão de uns dez dias.

— Viu-o depois alguma vez?

— Não. Nunca mais.

— Ele soube do... do Fulgencinho?

— Não sei. Por mim, pelo menos, não. Só dois meses depois foi que eu tive certeza...

— Então talvez não seja o garoto a que o telegrama se refere...

Dona Lupe estava no quarto uísque, desta vez sem soda, mas compreendeu...

— É verdade... Eu não tinha pensado nisso. Então deve ter sido com outra.

— É possível.

— Sem-vergonha!

E depois de mais algumas doses e de mais algumas palavras, dando-me uma pancadinha amiga no rosto, já ao sair:

— Você está vendo? É por isso que eu digo que homem não presta... Até americano... São que nem brasileiro mesmo. Uma corja!

***

No jornal eu precisei dar ordens terminantes. Não receberia mais herdeiro algum. Porque era um dilúvio deles. Nunca pensei que fosse possível apurar tanto candidato... Chegavam cartas do Rio, dos estados, do interior. Naturalmente nem todas tinham a certeza, a sinceridade, ou o cinismo daqueles primeiros casos. Gente mais discreta. Pedindo melhores informações. Indagando quem seria realmente Harry Billinger. Onde estivera. Se não deixara indicações mais precisas. Se não dissera em que cidade. Eram às centenas. O secretário quis mesmo explorar a coisa às direitas, abrir uma seção, antegozando, maldosamente, o espetáculo. Houve casos mesmo de senhoras absolutamente honestas, segundo todos os indícios, ou de filhos de senhoras que o tinham sido toda a vida, mas que não hesitavam em se candidatar. Não fossem os compromissos com o governo, não se tratasse de jornal sério, de títulos em letra miúda, e que dispensava, pelo auxílio oficial, aquele recurso, o caso teria sido um Panamá de venda avulsa. Mas tudo subiu a tal ponto que resolvi sindicar. E com surpresa descobri que o telegrama era uma simples "barriga". Fora pilhéria do Caldas, pilhéria bem dele, num momento de vadiação. Caldas era especialista nessas pequeninas perversidades. E como os candidatos se avolumassem, como eu já estivesse caceteado com o assunto, resolvi criar novo telegrama – Nova York, tanto de tanto, agência tal e tal – dando novos pormenores e explicando que o filho de Harry Billinger era argentino e não brasileiro. Que toda a Argentina se candidatasse!

Eu fiz aquilo com pena. Era uma ducha de água fria em tantos sonhos exaltados, desilusão definitiva para o meu amigo emancipado, para a mãe do Fernando, principalmente para o Fortunato... Ninguém mais do que ele merecia a herança. Mulher doente, filho paralítico, onze horas de trabalho por dia, 200 bagarotes por mês, e louro, tão louro, coitado!...

MILHAR SECO

Beppino estava curvado, como desde os dez anos, aos pés de um freguês, velho amigo da casa, disputado por todos os engraxates, porque dava gorjetas até de "destão". No ano anterior, ao receber sobre o joelho o cartãozinho de Boas-Festas, passara ao Luigi uma nota de dez bagos. Não era à toa que todo o salão lhe dera título.

— Vermelha ou marrom, doutor?

Quando as cadeiras estavam todas ocupadas e ele aparecia, sempre bem-vestido, de camisa de seda e o sapato ainda limpinho e lustrando, todos os engraxates punham-se a trabalhar com fúria, rematando com pressa, para apanhar o freguesão de primeira, que arejava muitos orçamentos humildes...

Aquele dia, o Camisa de Seda coubera ao Beppino. E Beppino acariciava-lhe o couro espelhante dos sapatos como quem passa a mão em pele de mulher, louco por puxar prosa com o homem, lá no alto, do outro lado da vida.

— Já veio o resultado? — perguntou alguém.

— Deu o cavalo.

— O quê? — perguntou bruscamente o Beppino. — Qual foi o milhar?

Um freguês da ponta esquerda puxou um papelzinho e leu, democraticamente:

— 1.044.

— No primeiro prêmio, doutor? — perguntou Beppino, como alucinado.

— No primeiro...

— Seco? Tô feito!

E esquecendo o cliente, os olhos arregalados, Beppino correu para o homem.

— Deixa eu ver a lista, doutor...

Arrancou do bolso imundo o talãozinho, conferiu os números e voltou-se para o Camisa de Seda:

— Eu já volto, doutor!

E saiu a correr, ante o espanto de todos, surdo aos chamados do chefe:

— Guaglio! Mamma mia! Dove vae, sévergonha?

O menino entrou afobado no chalé. O guichê ainda estava fechado. Faltava mais de uma hora para o início dos pagamentos. Nervoso, impaciente, conferindo a cada cinco minutos o talão com os números expostos no quadro-negro, Beppino mal podia acreditar que toda aquela fortuna lhe pertencia. Quatro contos. Fizera os cálculos rapidamente, consultara duas ou três pessoas, ali por perto, ficara assustado, com temor de algum assalto.

— Ih! se eles descobrem!

E a cada minuto palpava o bolso, a procurar o papelucho. Fazia um volume quase imperceptível, mas ainda mais gostoso de acariciar que o sapato do Camisa de Seda.

Era difícil visualizar aquela ideia. Não era possível! Ele não podia ganhar quatro contos! Aquilo representava a gorjeta de umas cem mil engraxadas, de alguns anos de trabalho. Tornava a conferir, passeava no salão como fera na jaula.

— Puxa! Vou comprar um sapato de duzentos paus!

E à ideia do sapato, lembrou-se do salão, onde o Camisa de Seda o esperava. Pensou em voltar. Havia tempo. Mas o temor de se demorar, de ser retido pelo chefe, um napolitano feroz, o receio de, quando pudesse aparecer, encontrar o chalé fechado, precisando esperar até o dia seguinte, com o risco de perder ou rasgar o talão da fortuna, e a ideia de que estava rico, deram-lhe coragem.

— Tó! Vai esperando que eu volto...

E se abrisse, com o dinheiro, um salão? Estava ali uma ideia. Desde que começara a trabalhar, Beppino acalentava o grande sonho. Ter um salão. Com dez engraxates e com espelho nas paredes, que nem aquele calabrês da Rua 15. Os outros fazendo força. E ele só dirigindo, na caixa. O diabo era ter só quinze anos. Ninguém obedeceria. Ninguém o levaria a sério.

— Eu vou comprar uma camisa de seda...

Claro! Só para abafar. Quando eles vissem que o Beppino tinha também camisa de seda, eram até capazes de lhe dar o doutor, que em salão de engraxate, de barbeiro, e para chofer, é sempre o título honorífico próprio da classe que paga e dá gorjeta.

Bateu no guichê.

— Já tá na hora?

— Não chateia, menino!

— É que eu tenho quatro contos pra receber... — disse ele.

— O quê? Não diga!

O homem adoçou logo o rosto, do outro lado.

— Na dura! Um dia tem que ser da gente...

E mostrou o talão.

— Então vamos entrar na cerveja... — disse o homem, cupidez nos olhos.

Beppino fechou-se, desconfiado. Mas sentiu que ficara importante. Percebeu que o dinheiro era a força, o domínio. Tinha o mundo nas mãos. E vendo-se em mangas de camisa, as mãos e os braços negros de graxa, a camisa em frangalhos, a calça de serviço imunda e rota por cima da outra, não menos lamentável, achou que era preciso reformar tudo aquilo, pôr-se todo frajola, libertar-se daqueles andrajos. Ali mesmo, apressado, tirou a calça de serviço, um brinzão listado, compra feita por seis mil-réis. Atirou-a fora, na sarjeta. Só então reparou que, à frente do chalé, havia também um salão de engraxate. Teve uma ideia. Engraxar o sapato. Tinha no bolso quatro ou cinco mil-réis, saldo das gorjetas dos últimos dias. Estava uma cadeira desocupada. Hesitou, acometido de uma timidez imprevista. Ele nunca fora freguês. Estava ainda maltrapilho. Mas quis provar a grande sensação. Dirigiu-se para a cadeira. O colega olhou-o, com assombro.

— Ueiô! O quê?

Beppino sentiu ao mesmo tempo humilhação e raiva.

— O que há de ser? Engraxada!

O negrinho hesitou, olhando-lhe o sapato velho, sórdido, multirremendado, boca de jacaré.

— Uei! Eu não posso perdê tempo! Deixa de fricote! Quer engraxá ou não quer?

O preto — ele conhecia de vista aquele sujeitinho besta e beiçudo — apanhou a escova e, com ar de profundo desprezo, começou a limpar-lhe o sapatão. Beppino estava arrependido. Fizera burrada. Mas no dia seguinte havia de voltar, para aquele tiziu ver quem era ele, com um sapato de duzentos, não, de trezentos ou mais, daqueles que havia na Avenida São João, de meio metro de sola, que o Camisa de Seda costumava calçar. Não disse palavra. Nem reclamou contra o serviço matado, ele que era técnico. Mas, ao pagar, deu-se ao gosto delirante de jogar, quase na cara do negrinho espantado, como gorjeta, todos os níqueis que trazia, gorjeta como igual ele nunca recebera, a não ser uma vez, numa véspera de Ano-Bom.

* * *

Nem contou o dinheiro. Deu uma "coisa". Sentia a alma do tamanho do mundo, uma vontade enorme de correr e de rir. Não sabia se devia dar um salto ou se já dera, as mãos negras no ar, como asas espalmadas. Parecia que todos o olhavam. Teve medo de que avançassem para roubar-lhe o dinheiro. Correu para a rua. Olhou a calçada cheia de gente com pressa. No seu bolso, dinheiro sem fim. Viu dois braços bonitos. Teve vontade de agarrá-los, com suas mãos negras de graxa, gritando que tinha quatro contos de réis. Que fazer? Ainda nada resolvera. Precisava fazer compras. Vestir-se bem. Eram quase seis horas. O comércio ia fechar. Entrou, como um raio, numa camisaria.

– Que deseja?

– Gravatas... Camisas...

– Artigo barato?

– Não! Cara! Da melhor!

– Estas de doze?

O caixeiro apresentava-lhe umas camisas grosseiras.

Beppino recebeu a indicação como um insulto, passou o olhar desvairado pelos mostradores.

– Aquela.

– Mas aquela é de 120.

— Eu quero aquela.

O caixeiro hesitou.

— Mas...

— Eu pago! Eu tenho dinheiro – disse, enraivecido e vitorioso.

E, metendo a mão no bolso, exibiu o maço de notas. Atravessou logo o pensamento do caixeiro desconfiado.

— Não! Não roubei, não. É meu!

E informativo:

— É meu! Ganhei no cavalo...

O caixeiro fez um gesto irônico.

Nova raiva o assaltou.

— Eu não sou que nem certos sujeitos pesados... Dando duro... Eu ganho sempre... Vamos, que eu tenho pressa.

Começou a comprar, às cegas. Camisas de seda, gravatas finas, cuecas, pijamas.

Pijama, para Beppino, era o clímax da elegância. No seu cortiço havia apenas um, velho e sem bolso, propriedade de um segundo-sargento da Força, reformado.

Os minutos corriam.

— Depressa, que eu tenho de fazer outras compras. Tem roupa feita?

— Não.

— Então embrulhe, que eu tenho de sair.

— Mandar prá onde?

Beppino ia dar o endereço de casa. Nisso lembrou-se de que, se o fizesse, a família descobriria, a velha mãe exigiria o dinheiro, ia ser o diabo. Resolveu rápido.

— Eu vou pegar um carro.

Correu ao ponto, perto do salão – que era ali mesmo – contratou o chofer, recolheu os pacotes.

— Onde é que tem roupa feita? – perguntou como um náufrago, vendo os minutos fugirem.

O caixeiro indicou, Beppino pagou, a correr, com uma nota graúda, desprezando a miuçalha dos níqueis, que a garota da caixa ficara juntando, e correu para o outro magazine, ali perto. Foi tropeçando em gente, causou a mesma estranheza, venceu as mesmas resistências, enfarpelou-se.

— Que bicho deu hoje? – perguntou, sorridente, o encarregado da seção.

— O cavalo! – disse Beppino, com uma sensação de posse, como se aquele animal abstrato tivesse uma existência real e lhe pertencesse, colocado à sua disposição para o resto da vida.

Olhou vários modelos, escolheu três ternos.

— É preciso ajustar primeiro. Quando quer que mande entregar?

— Eu preciso deles agora...

— Mas ainda não assentam bem...

— Não faz mal... – disse, espantado com aqueles luxos.

O caixeiro insistiu, Beppino concordou em levar só um, ficando os outros para o dia seguinte. E, ali mesmo, vestiu por cima da camisa imunda o terno berrantemente xadrezado. Saiu com o cerrar das portas, ganhou o carro, sem saber para onde. Para casa, já decidira não ir. Gastara quase um conto e quinhentos, tinha um guarda-roupa de príncipe.

— Vou para um hotel!...

Mandou subir a Avenida São João, parou, sem coragem, diante de vários hotéis grandes, acabou resolvendo ir abrigar-se num hotelzinho sem aparato da Rua Mauá. A meio caminho, lembrou-se de que devia avisar a mãe. Senão, ela ficaria assustada. Tocou o carro para o Bom Retiro, deixou-o na esquina, entrou no cortiço.

Dona Assunta estava soprando carvão no fogareiro de lata de querosene.

— Mãe, eu vou num baile na Penha. Não me espere.

Acostumada com a meia independência daquele filho que vivia do próprio trabalho, a velha não se voltou.

— Não venha tarde...

— Eu durmo lá, na casa do Luigi.

Dona Assunta voltou-se, para um conselho qualquer. Arregalou os olhos.

Beppino estremeceu vendo-se na roupa nova.

— O que é isso?

— Eu... eu ganhei no bicho...

— Mascalzone! Então você se deixa ganhá no bicho e mangia o dinheiro... Ganhou quanto?

Beppino vacilou.

— Tre... trezentos...

— E se deixou gastá tutto na-a roupa!

— Não. Custou cem...

Dona Assunta queixou-se da ingratidão do filho. Ela se matando, ele caindo na farra. Exigiu o dinheiro. Beppino teve a sorte de meter a mão no bolso e tirar pouco menos de 200$000. Passou-os à velha.

— Você vai no baile?

— Vou.

— Leva dez mil-réis pra você, vá...

* * *

Numa superexcitação febril, achando o quarto suntuoso (um hotelzinho de 5$000 a diária), Beppino lavou-se, mudou de roupa.

— O senhor quer jantar já?

— Não. Janto na cidade.

Tomou o carro, que o esperava à porta. Taxímetro, mais de 50. O chofer já estava assustado. Beppino pagou, xingando, desceu de novo na Avenida São João, deslumbrante de luzes, como um triunfador. Tinha, pela primeira vez, a sensação de que podia possuir tudo, de que a vida estava às suas ordens, à venda. Passou um sujeito importante. Teve ímpetos de dar-lhe um bofetão. Se ele se zangasse, tapava-lhe a boca com uma nota de cem. Ele agora estava de cima! Nisso, passou diante de um restaurante de luxo, onde uma noite vira entrar o Camisa de Seda. Quis entrar, não se atreveu. Acabou entrando numa churrascaria modesta, que a fome apertava, escolheu um prato, pediu vinho. Tinha vontade de pedir todos os pratos e vinhos da lista, comer e beber como um bruto, cair para ali esparramado como aquele português barrigudo, que nunca dava mais de um tostão de gorjeta, mas que tinha dinheiro até para emprestar ao governo.

Veio o prato, não gostou, virou o resto do vinho, saiu leve e alegre para a rua.

— O que eu quero é gozar!

Sentiu estar sozinho. Via apenas caras desconhecidas. Que pena estar o comércio fechado! Queria comprar tanta coisa! Passaram duas mulheres flamantes. Meio atrapalhado com o charuto, plenamente feliz, Beppino dirigiu-lhes um gracejo audacioso, sem o tom de cachorrinho que late para automóvel, sem esperança, dos outros tempos. Agora podia pagar... E que vontade de dar-lhes uma palmadinha na barriga.

— Aí, sua vaca!

* * *

Acordou pelas dez horas, no dia seguinte. Espantou-se, ao despertar no ambiente estranho do modesto hotelzinho. Mas quando recordou sua nova situação, pulou da cama, com a avidez de quem precisava aproveitar a vida.

Lavou o rosto, esfregou melhor as mãos, ainda enegrecidas de graxa, tendo pedido gasolina ao camareiro, tomou um carro para o centro. Primeiro foi dar o novo endereço para a remessa dos ternos. Estava com fome. Tinha de comer alguma coisa. Mas antes quis ir ao engraxate, ao negrinho da véspera. Correu então a uma casa de calçados, comprou um sapatão de sola grossa, igual ao do Camisa de Seda. Dirigiu-se depois, dono do mundo, para o Salão Primor. Já na porta, voltou, comprou ao lado um charuto baiano, foi abafar o colega.

Por sorte, vagava naquele momento a cadeira do pretinho. E Beppino teve o gosto de ouvir três vozes que convidavam — Graxá! — inclusive a do negro, que não o reconhecera no primeiro momento.

Não foi com o pretinho. Ele queria era o gosto de poder escolher. Pra machucar. Sentou-se na cadeira ao lado e estendeu os pés pesados a um rapazinho desdentado e sorridente. E fingiu que não era com ele quando, ódio mortal no coração, ouviu aquele tiziu ordinário dizer a um dos companheiros:

— Ontem deu o cavalo, não foi? Hoje dá o burro... Vou arriscar "destão"... Tô com um palpite desgranhado...

* * *

Passou o dia comprando. Um relógio de 300. Uma *châtelaine* de cinco, pesada e vistosa. Uma bengala. Miudezas. Ficou depois correndo o Triângulo, olhando as vitrinas, porque não conseguia lembrar-se das outras coisas que desejava possuir, a ver se descobria mais alguma coisa com que sonhara noutros tempos. Agora, podia possuir tudo.

— Oh! diabo! E eu se deixei esquecer!

Entrou numa loja de calçados, mandou vir uma polaina. Só não comprou luva porque achou demais. A cada passo entrava numa confeitaria elegante e pedia a empada mais cara e a coxinha mais gordurosa. E na ânsia de gozar, de passar vida de lorde, tomava o primeiro carro, indo fazer a Avenida Paulista ou a Avenida Brasil, delibando a visão dos bairros aristocráticos, palacetes com jardim, como se tudo lhe pertencesse. Certa vez, ao apanhar um carro na Praça do Correio...

— Para onde?

— Por aí...

... o chofer enveredou justamente pela rua em que ficava o salão. Um sentimento de vergonha o invadiu. Encolheu-se todo.

— Chispe!

E só respirou livremente vários quarteirões além. Um sentimento de remorso o machucava. Sentia que fora desleal com os companheiros. Não dera satisfação. Não pagara uma cervejada, como fizera o próprio Luigi, que tinha família, quando ganhara na centena da vaca, o ano anterior. E fora apenas 600 paus! Agora não tinha jeito de voltar.

Sabia que lhe cairiam na cola. Que seria recebido com insultos e vaias. E o que mais doía era aquela certeza interior: teria que voltar.

— Será que Mastruccio me recebe?

E se ele voltasse para propor sociedade? Percorria agora o asfalto macio de uma rua de residências lindas, no Jardim América. O velho Mastruccio andava falando em aumentar duas cadeiras no salão e tomar novos auxiliares. Ele podia associar-se, entrando com as cadeiras. Passaria a semipatrão.

Mas estava no Jardim América. O carro deslizava com mais suavidade que o pano de lustrar na biqueira do Camisa de Seda. Como seria que aquele desgraçado conseguira ficar tão rico? Teve-lhe ódio, pela primeira vez. Antes era sua maior admiração, sua maior simpatia. Mas o jeito calmo, seguro e sorridente, do Camisa de Seda, maltratava-o, agora. A solidez do Camisa de Seda, na vida, contrastava com a insegurança da sua fugitiva felicidade. Estava mergulhado na fofice gostosa daquele Buick majestoso. Logo estaria a pé. O dinheiro andava no fim. Restavam centenas de mil-réis. Só em automóvel gastara seus trezentos mangos, porque nunca se lembrava de tomar o carro à hora. Só exigia a tabela de hora quando via o taxímetro lá pelos 30 paus. Enquanto isso, o Camisa de Seda tinha carro para toda a vida. Mudava de modelo todos os anos. Tinha charutos e roupas caras. E quando topava algum amigo, na cadeira ao lado, no salão, só falava em contos de réis e nomes de francesas. Aquilo é que era vida! Assaltou-o uma impressão de naufrágio, de desespero.

— Para o carro!

O chofer brecou, bruscamente.

— Quanto é?

— Trinta e cinco.

"Sujeito ladrão!", pensou.

Mas pagou, sem protesto. O carro partiu. Beppino ficou olhando, atoleimado, as casas bonitas da rua, não sabia qual. Estava no Jardim América ou em Vila Pompeia, não tinha noção. Sentiu um profundo isolamento. Sozinho na vida. Com a velha mãe, nada em comum. Com os irmãos menores, menos ainda. Seus verdadeiros companheiros estavam no salão. Era o Luigi. Era o Stefano, apesar de mais velho. Era o próprio Mastruccio, engraxate havia quarenta anos, esperando só por uma nova cadeira para admitir um neto como aprendiz.

— O que você pensa? O pequeno té getto! Tuttos domingo ele apiga uma caixa e sai na rua, afazendo us biscate! Aquilo vai dá uno engraxate de priméra!

Pôs-se a andar sem destino, sem saber se caminhava para o centro ou para os bairros. Nisso, passou um carro bege, vistoso e novo, guiado por uma garota de claro.

Beppino sentiu forte a humilhação. Ele, homem, a pé. Ela, o sexo inferior, guiando automóvel. Homem, não o irritava tanto. Mas desde muito cedo se habituara àquele sentimento de revolta que lhe inspiravam as mulheres da alta, aquelas granfas ociosas, que passavam, elegantes, dentro dessa manifestação tão masculina de vida, que era dirigir. Olhou para os lados, buscando um táxi. Fez sinal para um. Estava ocupado. O chofer nem respondeu. Mais dois quarteirões, encontrou vários carros numa esquina. Escolheu o melhor carro. Entrou.

— Aonde vamos?

— Por aí. À hora.

O chofer olhou-o com aquela estranheza ofensiva que desde a véspera o perseguia.

— Pode tocar. Eu pago! Não tenha medo!

— Pelo bairro?

— Pro Jardim América.

— É onde estamos.

— Quero dizer, pra Vila Pompeia. Pode ir devagar...

Fez a Avenida Água Branca, palmilhou Vila Pompeia, acabou participando do corso de fim de tarde na Avenida Brasil.

* * *

Havia telefonado para o armazém de seu Januário, na esquina, mandando avisar dona Assunta para que não esperasse. Dormiria outra vez, na Penha, em casa do Luigi. O Luigi tinha uma cunhadinha bonita. Dona Assunta, que já assuntara um começo de namoro entre os dois, não estranharia.

Estava agora, outra vez, na Avenida São João. Esmagava-o, de novo, insistente e feroz, aquela impressão de solitude. Nunca se sentira tão só, tão à margem da vida. Os homens passavam, as mulheres passavam, os carros passavam. Luzes, vozes, clácson. Ele, isolado. Ah! se encontrasse uma voz amiga, um companheiro! Alguém com quem desabafar, com quem gastar as últimas centenas de mil-réis. Nem sabia compreender como gastara tanto, como pusera tanto dinheiro fora. Com aquele saldo nada poderia fazer. Nem estabelecer-se, nem associar-se com o Mastruccio, nem fazer coisa alguma. Estava no fim. Oh! se encontrasse um companheiro! Notava que até aquele momento não tivera com quem falar, não trocara ideias, fechado no seu egoísmo, na febre de gozar, de possuir, no temor de ser roubado. Compreendeu que errara, que fora mau. Só pensara em si. Para a própria família dera apenas, sem querer, uma pequena parte. Dona Assunta ainda lhe devolvera um pouco. Ficou envergonhado, àquela recordação.

– Se deixo sê um bandido!

Parou numa esquina, apinhada de gente. Artistas de rádio, músicos vagabundos. Um deles cantarolava:

A coisa melhor deste mundo
É a orgia,
Orgia e nada mais...

Sentiu-se reconfortado, alegre e viril. Entrou num bar. Pediu um guaraná. Achou ridículo, mandou vir um chope. Mas não gostava de chope. Era amargo, enjoativo. Felizmente viera um chope simples. Consertou o estômago com um café, saiu para a Avenida, outra vez tremendamente só entre luzes que ofuscavam e homens que riam alto. Ah! se encontrasse um companheiro!

E nem de propósito. Lá ia, na outra calçada, o Luigi. Seu primeiro impulso foi atravessar a rua. Mas conteve-se. Teria que explicar, teria que responder a perguntas, ouviria acusações. E mais ainda: seria escarnecido. Já antevia a risada larga e sem dentes do Luigi:

– Oba! Você virou grã-fino, hem?

Não sabia como, ele se afastava, se distanciava dos companheiros. Naquele momento, nada tinha em comum com o Luigi. Precisava tanto de um companheiro, de um confidente, não conseguia. Pensou, como um refúgio, na outra classe. Ah! se encontrasse algum freguês! Alguém que o acompanhasse, que lhe contasse coisas, que o levasse a lugares desconhecidos, a algum cabaré onde não se atrevia a entrar sozinho. Ele agora estava no trinque, de camisa de seda e sapatão de sola grossa, relógio e dinheiro no bolso. Parou à porta de um bar. Numa das primeiras mesas, um agenciador de anúncios, com escritório perto do salão. Ia falar com ele. Entrou, como por acaso, encarou o rapaz, sorriu, cumprimentou. O outro custou a reconhecê-lo. Afinal, agitou a mão, indiferente, no ar, preocupado com o jornaleiro que entrava.

Beppino sentou-se então à primeira mesa, o coração cheio de fel, alma trabalhada por infinita amargura. O garção veio, parou junto à mesa, esfregando o pano molhado no mármore. Disse qualquer coisa.

– Hem? – perguntou Beppino, fora da vida.

– Que é que vai tomar?

– Qualquer coisa.

– Café?

– Pode ser...

– Café, segunda ao centro – gritou o garção.

Aquela voz parecia vir de longe e ir para longe. Alguém veio, fez um ruído perto, afastou-se. Tomou o café como se fosse um terceiro. Tudo parecia tão longe, tão destacado, tão sem sentido, tão sem cor. Dona Assunta, Luigi, o salão, o Camisa de Seda... Levantou-se como um sonâmbulo. Ia andar. Andar sem destino. Andar pela noite adentro. Andar pela vida fora. Estava sozinho. Sozinho.

– Uei! Coisa!

A mão do garção reteve-o pelo braço.

– Querendo ver se não pagava, hem, seu pirata?

ORÍGENES LESSA:
SEMPRE UM CONTISTA

Omelete em Bombaim é o quinto livro de contos de Orígenes Lessa e o décimo segundo no conjunto da obra. Publicado em 1946, precedido de outras quatro coletâneas do mesmo gênero – *O escritor proibido* (sua estreia, em 1929), *Garçon, garçonette, garçonnière* (1930), *A cidade que o diabo esqueceu* (1931) e *Passa-Três* (1935) – *Omelete em Bombaim* vem a público onze anos depois do último volume de contos do autor e reúne em quatorze títulos muitas das mais altas expressões da prosa de Orígenes Lessa no gênero que o consagrou.

Já se mostrava então o escritor fecundo de sempre, fecundo e heterogêneo, do ponto de vista dos diferentes gêneros que praticou com igual virtuosidade. Além dos mencionados livros de contos, já havia publicado até aquele ano duas reportagens, *Não há de ser nada* e *Ilha Grande* (1933), sobre sua participação como soldado e sua prisão após a Revolução de 1932, e uma terceira, *Ok, América* (1945), entrevistas com escritores e personalidades norte-americanas e internacionais que resultaram numa série de crônicas admiráveis da Nova York do último ano de guerra. Dois infantojuvenis, *Aventuras e desventuras de um cavalo de pau* (1932) e *O sonho de Prequeté* (1934), também foram lançados no período, seguidos da novela *O joguete* (1937) e de *O feijão e o sonho* (1938), o primeiro e mais popular dos seis romances que escreveu.

O conto é o gênero predominante na obra de Orígenes Lessa e aquele em que "mais espontânea e autenticamente o autor desenvolve suas faculdades criadoras", como lembra Gilberto Mendonça Teles. Na avaliação do crítico, é o conto que centraliza toda a atividade de Orígenes Lessa, podendo ser considerado a matriz literária, o modelo estrutural que confere organicidade ao conjunto de uma obra tão variada. Mesmo quando escreve romances ou reportagens, novelas ou infanto-juvenis, o escritor adota os recursos de brevidade e concisão presentes na forma estrutural do conto. Certos capítulos de *O feijão e o sonho*, como o episódio do noivado de Campos Lara e Maria Rosa, podem ser lidos como contos, isto é, textos autônomos, e o mesmo se pode dizer de *Ok, América*, livro que traz verdadeiros contos-reportagens, muito antes da "invenção" desse gênero híbrido pelo contista João Antônio, nos anos 1970. Outros meios expressivos próprios do conto, o coloquialismo, os diálogos como forma de narrar ou caracterizar personagens, a presença do humor, do chiste, do anedótico, são também recorrentes em toda a sua prosa. O conto propriamente dito é, portanto, a forma natural de expressão de Orígenes Lessa, certamente seu gênero preferido, e *Omelete em Bombaim*, saído num momento de plena maturidade, com muitos contos que estão entre os melhores exemplares do que escreveu no gênero, é a manifestação acabada da arte por excelência de Orígenes Lessa, igualado, mas não superado, pelos outros cinco livros de contos que vieram depois.

Num autor que viajou muito a vida toda – não bastasse haver morado no interior de São Paulo e na capital do Maranhão, residido em seguida na capital paulista e mais tarde em Nova York, adotando por fim o Rio de Janeiro, onde viveu até o final –, o conjunto de seus contos se caracteriza também por apresentar grande variedade de cenários e constantes deslocamentos espaciais. No caso de *Omelete em Bombaim*, porém, o cenário predominante é a cidade de São Paulo e sua atmosfera característica dos anos 1940. É, portanto, um livro essencialmente urbano. Apenas duas das catorze histórias, consequência das referidas viagens, se passam fora de São Paulo – uma ("Libertação"), a bordo de um navio, num porto Argentino; e outra ("As gêmeas"), num restaurante em alguma localidade do Planalto Central, numa parada para abastecer o avião durante uma viagem de São Paulo a Mato Grosso.

Os temas de Orígenes Lessa podem vir de toda parte e dos episódios mais inesperados. Se alguns deles, como é o caso de "A aranha" e "A batalha", são notáveis pela imaginação, outros parecem tão próximos da vida e da experiência pessoal do autor-narrador que poderiam ser vistos como o relato de um repórter ou viajante atento a tudo o que testemunha, não importa o lugar onde esteja. *Omelete em Bombaim* tanto pode apresentar exemplares impecáveis numa ou noutra dessas categorias como é capaz de mesclar as duas, e esta parece ser a forma mais frequente. Seja como for, o que o olhar do autor invariavelmente consegue captar são os recortes da vida, instantâneos de pequenos dramas humanos, e esse olhar, como tantas vezes destacaram os analistas de sua obra, é sempre compassivo e solidário. Em "Libertação", um velho imigrante italiano chora sem parar, na viagem de volta à terra natal, depois de perder, às vésperas do embarque, os três filhos, assassinados no assalto à propriedade recém-vendida, ficando também sem a fortuna angariada em quarenta anos de trabalho. Em "Milhar seco", Beppino, outro imigrante italiano, rapazote empregado num salão de engraxates, propriedade de um conterrâneo bem-sucedido, ganha quatro contos de réis no bicho e, consumido pela ilusão da riqueza, gasta em apenas dois ou três dias todo o dinheiro em hotéis, restaurantes, vinhos e roupas, em vez de abrir a própria engraxataria e se tornar patrão, como o conterrâneo que sempre invejou. Com pitadas de enredo policial, "A batalha" é um intenso embate psicológico, envolvendo a direção de um internato e um aluno acusado de roubo, interrogado diante da turma em que todos são suspeitos. "A boina vermelha", com seu fecho machadiano, "Dona Beralda procura sua filha", narrativa rodrigueana *avant la lettre*, e "Folgado", que podia trazer a assinatura de António de Alcântara Machado, também permitem compor a atmosfera característica das ruas de uma metrópole nascente, no momento em que transitava para uma economia industrial.

O humor e a ironia que marcam os desfechos surpreendentes são como uma atenuante ao que há de dramático em algumas das histórias. Outras são francamente leves, tanto no desenvolvimento como no desfecho, e fazem também contraponto ao que possa haver de doloroso nas demais. Essas histórias mais leves enganam à primeira vista. Parecem puro exercício de virtuosismo, como se o autor se divertisse com o leitor. Vistas de mais perto, ao final da leitura, elas não deixam de pôr em evidência as fraquezas e veleidades humanas, e o fazem quase sempre pelo uso magistral dos diálogos. Nesse sentido, nenhuma das histórias da coletânea supera o conto-título. O cenário é uma prosaica lanchonete de estação ferroviária, no intervalo de uma viagem de São Paulo a Santos. Numa animada e casual conversação do narrador com outros viajantes, vem à tona o tema da culinária e o leitor é levado a conhecer um ou outro prato exótico dos muitos que se comem pelo mundo. Do vatapá baiano ao *smorgasbord* sueco, falam um pouco de tudo, até que alguém lembra as duvidosas omeletes servidas em Bombaim. Quem se arriscaria a comer uma simples omelete na cidade indiana? O título que soava extravagante se revela perfeito, afinal. O conto se desenvolve como um improviso cênico divertido e irônico, num palco ocupado por personagens algo ridículos de uma pequena classe média que, pretensamente cosmopolita, nunca pôde ir além do turismo de fim de semana.

Omelete em Bombaim veio a público num período que coroava a popularidade e a plena afirmação do conto urbano no Brasil, numa linha evolutiva que começa com Machado de Assis e passa, entre outros, por Lima Barreto e Alcântara Machado, e sua reedição, mais do que oportuna, não deixa de ser um reconhecimento ao lugar de honra que ocupa Orígenes Lessa como um dos grandes continuadores dessa tradição.

Eliezer Moreira

GLOSSÁRIO

Amarelão [p. 10 – Malária, a., tracoma, analfabetismo e cachaça]: o mesmo que ancilostomose, doença provocada por vermes, caracterizada por anemia profunda.

Anquilóstomo [p. 14 – Tem a. até na alma]: verme que se reproduz no intestino dos mamíferos, causador da ancilostomose (amarelão).

Apedido [p. 16 – Nunca os a. e a seção livre dos jornais]: artigo publicado em jornal a pedido do interessado, que paga pela publicação.

Atamancado [p. 45 – Lá estava eu, feliz, num italiano a.]: tosco, não lapidado.

Bagarote [p. 152 – onze horas de trabalho por dia, 200 b.]: o mesmo que bago (moeda ou nota de mil-réis).

Bago [p. 153 – passara ao Luigi uma nota de dez b.]: bagarote; montante considerável de dinheiro.

"Barriga" [p. 151 – o telegrama era uma simples "b."]: notícia que se revela falsa depois de publicada em jornal.

Bing Crosby [p. 96 – Essa prefere o B., um rapazinho que há lá nas Perdizes]: nome artístico de Harry Lillis Crosby (03/05/1903--14/10/1977), célebre cantor norte-americano.

Camisão [p. 44 – C. e os seus heróis ganhariam distância num relâmpago]: Carlos de Morais Camisão (08/05/1821-29/05/1867), coronel brasileiro, liderou a Retirada da Laguna, episódio da Guerra do Paraguai.

Cantochão [p. 46 – para logo depois retomar o c. tristonho]: canto ou conversa monótona; repetição exaustiva, ladainha.

Charles Boyer [p. 94 – "Ah! meu C.!"]: (28/08/1897--26/08/1978) ator e cantor francês, naturalizou-se norte-americano em 1942.

Châtelaine [p. 163 – Uma *c.* de cinco, pesada e vistosa]: (do francês): corrente, em geral de ouro, onde se prende relógio de bolso e ou outros objetos.

Clácson [p. 166 – Luzes, vozes, c.]: buzina de automóvel (forma aportuguesada de *Klaxon*, marca de buzina produzida na Inglaterra).

Cochonilho [p. 10 – coberto com um c. velho]: pele de carneiro com a lã, com que se cobre a sela da montaria; pelego.

Corso [p. 166 – acabou participando do c. de fim de tarde]: desfile carnavalesco em carro aberto, com foliões fantasiados; carros seguindo numa mesma direção, num congestionamento.

"Destão" [p. 153 – porque dava gorjetas até de "d."]: em gíria da época: quantia em dinheiro correspondente a dez tostões.

Dies irae [p. 32 – E, de repente, transformado em raio divino, em *d.*]: (do latim): dias de ira (expressão outrora usada na liturgia católica, em referência ao Juízo Final).

Embira (estar na) [p. 54 – Esteve três meses na e.]: estar na pindaíba (sem dinheiro).

Escachar [p. 35 – Só porque eu vivo e. com Portugal]: fender, abrir com violência; envergonhar, constranger.

Fasci [p. 43 – associações e *f.* tinham ido levar ao grande personagem flores e vivas]: forma reduzida de fascista.

Gavota [p. 88 – E tinha uma predileção especial pela *G.* de Tárrega]: dança popular de origem francesa, em compasso de quatro tempos, muito em voga nos séculos XVII e XVIII; composição musical para esta dança.

Granfa [p. 165 – as mulheres da alta, aquelas *g.* ociosas]: forma reduzida de grã-fino.

"Grilo" [p. 61 – ou a obrigação de fazer amizade com os "g.", para que não lhe multassem]: guarda ou inspetor de trânsito.

Hacienda [p. 46 – em busca da aventura dourada dos pampas e das *h.* do sul]: (do espanhol): fazenda (propriedade rural).

It [p. 94 – Talvez aquela vaga expressão de cansaço fosse o *i.*]: (do inglês): aquilo (algo que não se consegue nomear e que encanta, seduz).

Leandro N. Alem [p. 45 – nos *tinglados* irreverentes de L.]: Leandro Nicéforo Alem (11/02/1842-01/07/1896), político argentino, fundador do partido Unión Cívica Radical.

Mezinha [p. 9 – Num teve m., num teve nem remédio de cidade]: remédio feito em casa.

Midinette [p. 103 – em companhia de uma adorável *m*.]: mocinha parisiense (em geral vendedora de loja, modista, costureira) romântica e desfrutável.

Morocha [p. 107 – esperava no sopé da escada que um dia a m. desabasse]: mulher morena, mestiça.

Piccard [p. 132 – P. já alcançou a estratosfera]: Auguste Antoine Piccard (28/01/1884-24/03/1962), físico, inventor e aeronauta suíço.

Pipeline [p. 74 – nessa fase gostosa em que a garganta vira *p*.]: (do inglês): tubo condutor de líquidos.

Placard [p. 122 – um braço aparece, com um *p*.: La Bianca]: (do francês): cartaz, letreiro.

Prolóquio [p. 56 – lembrando o velho p. da sua terra]: provérbio; aforismo.

Prontidão [p. 91 – A gente pensa que é *spleen*, é p.]: pindaíba; dureza (falta de dinheiro).

Puchero [p. 43 – um pedaço de pão e uns restos do indefectível p.]: prato típico da culinária espanhola, transplantado para os países latino-americanos, à base de carnes variadas, embutidos, legumes, verduras, ovos cozidos.

Smorgasbord [p. 102 – ambos estão começando um saboroso *s*.]: refeição típica da culinária dos países escandinavos, originária da Suécia, servida como bufê, numa tábua de frios variados, massas e pastas.

Spleen [p. 91 – A gente pensa que é *s*., é prontidão]: tristeza, melancolia sem razão.

Tarantela [p. 85 – A *T.* de Liszt é qualquer coisa]: dança popular de origem italiana, surgida em Taranto (antigo reino de Nápoles), em compasso binário; composição musical para esta dança.

Tárrega [p. 88 – E tinha uma predileção especial pela *Gavota* de T.]: Francisco de Asís Tárrega Eixea (21/11/1852-15/12/1909), violonista espanhol, um dos grandes mestres do instrumento.

Tinglados [p. 45 – nos *t.* irreverentes de Leandro N. Alem]: (do espanhol): intriga ou situação confusa; enredo, maquinação.

Tracoma [p. 10 – Malária, amarelão, t., analfabetismo e cachaça]: doença oftálmica, contagiosa, que pode levar à cegueira.

Trinque (estar no) [p. 167 – Ele agora estava no t.]: estar bem-arrumado; bem-vestido; elegante, nos trinques.

NOTA BIOGRÁFICA

Orígenes (Ebenezer Themudo) Lessa foi um trabalhador incansável. Publicou, nos seus 83 anos de vida, cerca de setenta livros, entre romances, contos, ensaios, infantojuvenis e outros gêneros. Como seu primeiro livro saiu quando ele contava a idade de 26 anos, significa que escreveu ininterruptamente por 57 anos e publicou, em média, mais de um livro por ano. Levando em conta que produziu também roteiros para cinema e televisão, textos teatrais, adaptações de clássicos, reportagens, textos de campanhas publicitárias, entrevistas e conferências, não foi apenas um escritor *full time*. Foi, possivelmente, o primeiro caso de profissional pleno das letras no Brasil, no sentido de ter sido um escritor e publicitário que viveu de sua arte num mercado editorial em formação, num país cuja indústria cultural engatinhava. Esse labor intenso se explica, em grande parte, pela formação familiar de Orígenes Lessa.

Nasceu em 1903, em Lençóis Paulista, filho de Henriqueta Pinheiro e de Vicente Themudo Lessa. O pai, pastor da Igreja Presbiteriana Independente, é um intelectual, autor de um livro tido como clássico sobre a colonização holandesa no Brasil e de uma biografia de Lutero, entre outras obras historiográficas. Alfabetiza o filho e o inicia em história, geografia e aritmética aos cinco anos de idade, já em São Luís (MA), para onde a família se muda em 1907. O pai acumula suas funções clericais com a de professor de grego no Liceu Maranhense. O menino, que o assistia na correção das provas, produz em 1911 o seu primeiro texto, *A bola*, de cinquenta palavras, em caracteres gregos. A família volta para São Paulo, capital, em 1912, sem a mãe, que falecera em 1910, perda que marcou a infância do escritor e constitui uma das passagens mais comoventes de *Rua do Sol*, romance-memória em que conta sua infância na rua onde a família morou em São Luís.

Sua formação em escola regular se dá de 1912 a 1914, como interno do Colégio Evangélico, e de 1914 a 1917, como aluno do Ginásio do Estado, quando estreia em jornais escolares (*O Estudante*, *A Lança* e *O Beija-Flor*) e interrompe os estudos por motivo de saúde. Passará, ainda, pelo Seminário Teológico da Igreja Presbiteriana Independente, em São Paulo, entre 1923 e 1924, abandonando o curso ao fim de uma crise religiosa.

Rompido com a família, se muda ainda em 1924 para o Rio de Janeiro, onde passa dificuldades, dorme na rua por algum tempo, e tenta sobreviver como pode. Matricula-se, em 1926, num Curso de Educação Física da Associação Cristã de Moços (ACM), tornando-se depois instrutor do curso. Publica nesse período seus primeiros artigos, n'*O Imparcial*, na seção Tribuna Social-Operária, dirigida pelo professor Joaquim Pimenta. Deixa a ACM em 1928, não antes de entrar para a Escola Dramática, dirigida por Coelho Neto. Quando este é aclamado Príncipe dos Escritores Brasileiros, cabe a Orígenes Lessa saudá-lo, em discurso, em nome dos colegas. A experiência como aluno da Escola Dramática vai influir grandemente na sua maneira de escrever valorizando as possibilidades do diálogo, tornando a narrativa extremamente cênica, de fácil adaptação para o palco, radionovela e cinema, o que ocorrerá com várias de suas obras.

Volta para São Paulo ainda em 1928, empregando-se como tradutor de inglês na Seção de Propaganda da General Motors. É o início de um trabalho que ele considerava razoavelmente bem pago e que vai acompanhá-lo por muitas décadas, em paralelo com a criação literária e a militância no rádio e na imprensa, que nunca abandonará. Em 1929 sai o seu primeiro livro, em que reuniu os contos escritos no Rio, *O escritor proibido*, recebido com louvor por críticos exigentes, como João Ribeiro, Sud Mennucci e Medeiros e Albuquerque, e que abre o caminho de quase seis decênios de labor incessante na literatura. Casa-se em 1931 com Elsie Lessa, sua prima, jornalista, mãe de um de seus filhos, o também jornalista Ivan Lessa. Separado da primeira mulher, perfilhou Rubens Viana Themudo Lessa, filho de uma companheira, Edith Viana.

Além de cronista de teatro no *Diário da Noite*, repórter e cronista da *Folha da Manhã* (1931) e da Rádio Sociedade Record (1932), tendo publicado outros três livros de contos e *O livro do vendedor* no período, ainda se engaja como voluntário na Revolução Constitucionalista de 1932. Preso e enviado para a Ilha Grande (RJ), escreve o livro-reportagem *Não há de ser nada*, sobre sua experiência de revolucionário, que publica no mesmo ano (1932) em que sai também o seu primeiro infantojuvenil, *Aventuras e desventuras de um cavalo de pau*. Ainda nesse ano se torna redator de publicidade da agência N. W. Ayer & Son, em São Paulo. Os originais de *Inocência, substantivo comum*, romance em que recordava sua infância no Maranhão, desaparecem nesse ano, e o livro será reescrito, quinze anos depois, após uma visita a São Luís, com o título do já referido *Rua do Sol*.

Entre 1933, quando sai *Ilha Grande*, sobre sua passagem pela prisão, e 1942, quando se muda para Nova York, indo trabalhar na

Divisão de Rádio do Coordinator of Inter-American Affairs, publica mais cinco livros, funda uma revista, *Propaganda*, com um amigo, e um quinzenário de cultura, *Planalto*, em que colaboram Mário de Andrade, Sérgio Milliet, Tarsila do Amaral e Di Cavalcanti. Antes de partir para Nova York, já iniciara suas viagens frequentes, tanto dentro do Brasil quanto ao exterior – à Argentina, em 1937, ao Uruguai e de novo à Argentina, em 1938. As viagens são um capítulo à parte em suas atividades. Não as empreende só por lazer e para conhecer lugares e pessoas, mas para alimentar a imaginação insaciável e escrever. A ação de um conto, o episódio de uma crônica podem situar-se nos lugares mais inesperados, do Caribe a uma cidade da Europa ou dos Estados Unidos por onde passou.

De volta de Nova York, em 1943, fixa residência no Rio de Janeiro, ingressando na J. Walter Thompson como redator. No ano seguinte é eleito para o Conselho da Associação Brasileira de Imprensa (ABI), onde permanece por mais de dez anos. Publica *OK, América*, reunião de entrevistas com personalidades, feitas como correspondente do Coordinator of Inter-American Affairs, entre as quais uma com Charles Chaplin. Seus livros são levados ao palco, à televisão, ao rádio e ao cinema, enquanto continua publicando romances, contos, séries de reportagens e produzindo peças para o Grande Teatro Tupi.

Em 1960, após a iniciativa de cidadãos de Lençóis Paulista para dotar a cidade de uma biblioteca, abraça entusiasticamente a causa, mobiliza amigos escritores e intelectuais, que doam acervos, e o projeto, modesto de início, toma proporções grandiosas. Naquele ano foi inaugurada a Biblioteca Municipal Orígenes Lessa, atualmente com cerca de 110 mil volumes, número fabuloso, e um caso, talvez único no país, de cidade com mais livro do que gente, visto que sua população é atualmente de pouco mais de 70 mil habitantes.

Em 1965, casa-se pela segunda vez. Maria Eduarda de Almeida Viana, portuguesa, 34 anos mais jovem do que ele, viera trabalhar no Brasil como recepcionista numa exposição de seu país nas comemorações do 4º Centenário do Rio, e ficará ao seu lado até o fim. Em 1968 publica *A noite sem homem* e *Nove mulheres*, que marcam uma inflexão em sua carreira. Depois desses dois livros, passa a se dedicar mais à literatura infantojuvenil, publicando seus mais celebrados títulos no gênero, como *Memórias de um cabo de vassoura*, *Confissões de um vira-lata*, *A escada de nuvens*, *Os homens de cavanhaque de fogo* e muitos outros, chegando a cerca de quarenta títulos, incluindo adaptações.

É nessa fase que as inquietações religiosas que marcaram sua juventude o compelem a escrever, depois de anos de maturação, *O Evangelho de Lázaro*, romance que ele dizia ser, talvez, o seu preferido entre os demais. Uma obra a respeito da ressurreição, dogma que o obcecava, não fosse ele um escritor que, como poucos no país, fez do mistério da morte um dos seus temas recorrentes. Tendo renunciado à carreira de pastor para abraçar a literatura, quase com um sentido de missão, foi eleito em 1981 para a Academia Brasileira de Letras. Dele o colega Lêdo Ivo disse que "era uma figura que irradiava bondade e dava a impressão de guardar a infância nos olhos claros". Morreu no Rio de Janeiro em 13 de julho de 1986, um dia após completar 83 anos.

E.M.

Conheça outros livros de Orígenas Lessa publicados pela Global Editora:

O feijão e o sonho

O feijão e o sonho é a história do poeta Campos Lara e sua mulher, Maria Rosa – ele, um homem sonhador voltado para o seu ideal de criação, disposto a todos os sacrifícios para viver de sua literatura; ela, uma mulher de pés no chão, valente e batalhadora, às voltas com o trabalho da casa e a criação dos filhos, inconformada com o diletantismo do marido e sempre a exigir dele mais empenho, mais feijão e menos sonho, para garantir o sustento da família. Um tema ao mesmo tempo social e intimista, explorado com humor e uma discreta ternura, permeada da visão crítica que caracteriza o autor.

Publicado em 1938, recebido com admiração por leitores e críticos, *O feijão e o sonho* conquistou em 1939 o Prêmio António de Alcântara Machado, da Academia Paulista de Letras. Em pouco tempo entrou para o grupo seleto dos grandes romances brasileiros, como *A Moreninha*, *O Guarani*, *Dom Casmurro* e *O Ateneu*, entre outros que são reeditados com frequência e nunca deixam de atrair leitores de todas as idades.

Tendo ultrapassado a marca das cinquenta edições, a obra-prima de Orígenes Lessa foi três vezes adaptada para a teledramaturgia e alcançou enorme sucesso e popularidade, tornando-se um clássico indiscutível da literatura brasileira.

Um rosto perdido

Livro de contos de Orígenes Lessa, *Um rosto perdido* (1979) reúne doze histórias que evidenciam a genialidade desse que foi um dos maiores contistas brasileiros do século XX. A pluralidade das narrativas traz um Orígenes autêntico e vivo, capaz de sensibilizar qualquer leitor e dialogar com os mais diversos gêneros literários.

A faceta do escritor infantojuvenil, pela qual Orígenes Lessa foi mais conhecido, surge em "A aceitação de Papai Noel" (dedicado a sua neta, Juliana) e "Um pequeno escoteiro", contos que focam a perspectiva infantil, mantendo leveza e bom humor, apesar da temática por vezes soturna. O tom policialesco e de mistério está presente nos contos "O tesouro escondido" e "O destemido jornalista", enquanto o humor e a malandragem aparecem em "Firmino e a lama" e no conto título, "Um rosto perdido". O último conto do livro, "Viúvas, enfermos e encarcerados", traz o tom intimista e autobiográfico de um Orígenes que rememora seu pai pastor, abrindo ao leitor uma passagem delicada da vida desse grande contista.

Marcado pelo humor e pela sagacidade que lhe são peculiares, com diálogos ricos e personagens complexos, *Um rosto perdido* apresenta algumas das narrativas mais memoráveis da obra de Orígenes Lessa.